小川双々子
一〇〇句

武馬久仁裕 編著

黎明書房

はじめに

小川双々子は、一九二三（大正十二）年に岐阜県に生まれ、そのあとすぐに尾張平野に位置する愛知県一宮市に移りました。

山口誓子に師事し、第四回「天狼賞」受賞後、「天狼」同人になりました。

終生、一宮市から離れることなく、死を迎える二〇〇六（平成十八）年に到るまで、自らの主宰誌『地表』を率い全国に自らの俳句を発信し続けました。その俳句は、言葉のイメージを幾重にも重ねた美しいものでした。その美しさは、現代俳句の極致ともいえるものです。

今回、この『小川双々子一〇〇句』を編むにあたり、私は、美しく奥行きの深い句の数々を読み直しました。そして、そこから一〇〇句を選びました。何度も何度も見直し、迷い、葛藤の末の一〇〇句です。

それを、私の他に十五人の俳人の皆さまに鑑賞していただきました。鑑賞者の年齢、居住地、所属俳誌などは様々です。できるだけ多くの様々な俳人に鑑賞していただくことで、言葉のイメージを幾重にも重ねた双々子俳句というものを広く、後世に伝えたいと願ったのです。

なお、本書の小川双々子の俳句の鑑賞は、伝記的に鑑賞せず、あくまでも双々子の俳句の言葉そのものに即した読みをお願いしました。

その鑑賞者の皆さまの原稿を手にしたとき、この上もなく優れた鑑賞者に恵まれたという喜びが込み上げてきました。そこには、一見難解に見えるために多くのアンソロジー、鑑賞本から敬遠されてきたに違いないわが師・小川双々子の俳句が、分かりやすく、しかも深く美しく読み解かれていたのです。鑑賞者の皆さまにはこの場を借りて厚くお礼申し上げます。

また、このたびの『小川双々子一〇〇句』の出版に、ご賛同いただきました小川二三男氏にはこの場を借りて心より感謝申し上げます。

天国の双々子が、この『小川双々子一〇〇句』を手に取り、頁を開いて、目を細め、「ほぉー。」と満足そうに眺める姿が目に浮かびます。

今まで、なかなか眼に触れる機会のなかった小川双々子の素晴らしい俳句の世界を、どうぞ存分に味わってください。

二〇二三年九月一日

武馬久仁裕

目次

凡例

一、『小川双々子一〇〇句』の出典は、左記の通りです。

『一隅抄』から『水片物語』は、『小川双々子全句集』（沖積舎、一九九〇年）によりました。全句集収録の句集等の出版元、発行年は、左記の通りです。元の句集と句形が違うものは、全句集に従いました。

『一隅抄』一九四六～一九五〇年の句からなる。全句集編纂の際『一隅抄』としてまとめられたもの。独立した句集ではない。

『幹幹の聲』一九六二年、天狼俳句会。単行本では『幹幹の声』。

『くろはらいそ』一九六九年、祭魚書房。

『命命鳥』一九七〇年、祭魚書房。

『憂鬼帖（小川双々子句集）』一九七五年、海程戦後俳句の会。

『あゐゑ抄』一九七五年、祭魚書房。単行本では『あいゑ抄』。『あゐゑ抄』と『三千抄』の順序は、全句集に従いました。

『三千抄』一九七四年、祭魚書房。

『囁囁記』一九八一年、湯川書房。文庫版は一九九八年に邑書林より刊行。

『水片物語』一九八九年。全句集中の句集。

以下は、単行本によりました。

『異韻稿』一九九七年、現代俳句協会。

『荒韻帖』二〇〇三年、邑書林。

『非在集』二〇一二年、木偶坊俳句耕作所。

「『荒韻帖』以後」『地表最終号』（二〇〇六年十二月二十日）収録。最終号編集後記には、「綜合誌に発表された近年のものと、最後の句帖から10句を移し採りました」とあります。本書の100番「屋根の雪せり出し雫く人の世は」は、最後の句帖のものです。

一、漢字は、一部を除き、常用漢字体（新字体）にしました。
一、仮名遣いは、古典仮名遣いのままにしました。
一、原句に付けられた振り仮名は作者によるものです。
一、取り上げた俳句の漢字と古典仮名遣いに振り仮名をつけたものを、各項の最後に載せました。

小川双々子一〇〇句

うつくしき眼や青梅を盗らんとす

『一隅抄』

今まさに、青梅を盗ろうとする「眼」の「うつくし」さに着目した、とても興味深い視点を持つ句です。

漢字の「眼」は「目」に比べ、「心眼」や「千里眼」など物事の本質を捉える力の意味で用いられます。

青梅を欲しがり、わがものにしようとたくらむ「眼」には、私たちの日常生活に存在する倫理的な善悪の判断を超越した「うつくし」さが宿っています。

ここには、欲しがる者だけが放つことのできる野性的で強引で傲慢な有無を言わせぬ美が生まれています。随分と恐ろしい美でもあります。

そのあぶない「うつくし」さをはらんだ「眼」が、青梅を狙う様子は、すさまじくも目を離せないものであったことでしょう。

（松永）

●うつくしき眼《め》や青梅《あおうめ》を盗《と》らんとす

2

縄ゆるみたる氷塊を提げゆけり

『一隅抄』

まず目に入る「縄」の一字が強烈です。「ゆるみたる」と書かれることでかえって、ゆるむ以前のきつく締め上げた感触が喚起されます。句の前半だけを読んで浮かぶのは、たとえば罪人を縛る縄などの荒々しいイメージです。

ですが句を読んでいくとやがて氷塊が現れ、何のための縄であったのかがわかります。ではそこで、読者の頭から前半の荒々しいイメージが払拭されるかというと、そうはならないのが面白いところです。読者は、冒頭で感じた縄の暴力性のイメージを抱いたまま後半を読んでいくことになり、だからこそ、そんな縄との対比で氷塊が聖性と美を帯びるのです。縛られても縛られきれず抜け出そうとしている、透明に輝く存在として。

句の一番上からさがる文字の縄に繋がり、氷塊はこの句のちょうど中央で、孤高に吊り提げられています。

（山科）

●縄《なわ》ゆるみたる氷塊《ひょうかい》を提《さ》げゆけり

わが生ひたちのくらきところに寒卵

『幹幹の聲』

読んでみれば、「そもそもくらいわたしの生い立ちの、そのくらいところにある寒々とした寒卵であることよ。」という句でしょうか。

歳時記では「寒中の栄養価の高い卵」という意味づけを与えられる寒卵ですが、この句の中では、文字通り寒々とある寒卵です。

この寒卵は、誕生から定められた、寒々としたこの人のいのちそのものとして、この句の一番下の「くらきところ」に置かれているのです。言うまでもなく卵は、いのちそのものです。

ところで、漢字は、上五の「生」と下五の「寒卵」だけです。あとはすべてひらがなです。では、このひらがなのつらなりは、何を意味しているのでしょうか。

それは、自分の生い立ちの深く暗いところにある、自分のいのちの根源、寒卵をじっと覗き込む、この人の虚無的な白い意識のつらなりです。

（武馬）

●わが生《お》ひ《い》たちのくらきところに寒卵《かんたまご》

後尾にて車掌は広き枯野に飽く

『幹幹の聲』

見事な言葉さばきです。

まず「後尾にて」は「車掌」に掛かります。そして、「車掌」は連結した列車の最後尾にいることになります。

ついで、「車掌」が「広き枯野に」に掛かることによって、一転、車掌は、最初にいた「後尾」から「広き枯野に」いることになります。

後尾から広い枯野を見ていた車掌は、こころは広い枯野に移っていたのです。

そして、最後に「飽く」によって、車掌は現実にもどります。

今日もまた見続けた枯野に飽くのです。

あたかも荒寥とした広い枯野に飽くことが、車掌の日常業務であるかのように。

（武馬）

●後尾《こうび》にて車掌《しゃしょう》は広《ひろ》き枯野《かれの》に飽《あ》く

掌より掌へこぼすあたたかき砂一条《すじ》

『幹幹の聲』

「掌より」の掌と「掌へ」の掌とは同一人物のものなのでしょうか、違う人物の掌なのでしょうか。このあたたかさは、掌によってあたためられたのでしょうか、陽によってあたためられたのでしょうか。どう読むかによって見えてくる風景がかなり違ってきます。いずれにしろこの句の「あたたかき」は「あたたか」という春の季語と限定しない方が読みがひろがってよいような気がします。いろいろな読みができることが佳い句であるとはかぎりませんが、例えば、親子が砂場で遊ぶ風景を思い浮かべればほのぼのとしてきますし、ひとり握りしめた砂を右手から左手にこぼす場面を想像すれば、どこかやるせない気分が感じられます。そのときどきの読者に寄り添うことができる句といえるでしょう。

それにしても「一条」は気になる言葉です。純粋でかたくなで強くてもろい、結句が一句に与える印象は大きいのです。

（二村）

●掌《て》より掌《て》へこぼすあたたかき砂一条《すなひとすじ》

倒れて咲く野菊よ野菊よと日当る

『幹幹の聲』

「倒れても咲いている野菊を、一生懸命励まし日が当たっていることだ。」という俳句です。

この句の眼目は、「野菊よ野菊よ」です。

このくり返しは、太陽が温かな光を限りなく投げかけ、「野菊よ立ちなさい、野菊よ立ちなさい」といつまでも野菊を励ましていることを表現しています。

また、「野菊よ野菊よ」という呼びかけの言葉によって、日が擬人化されています。その日が「野菊よ野菊よ」と呼び掛けているのです。

その呼びかけによって野菊も擬人化され、いのちがみなぎります。そして、眼前の自然の光景を超えた救いの世界が現れます。

倒れても咲いている野菊に、なおもいのちの輝きを失わない姿を見て書かれた句です。

（武馬）

●倒《たお》れて咲《さ》く野菊《のぎく》よ野菊《のぎく》よと日当《ひあた》る

サーカス来てわが病む冬の天囃す

『幹幹の聲』

なんと美しく、そして哀しい俳句でしょうか。

病床の窓に冬の空が見えます。冷たく空しい光が部屋に差し込んでいます。すると、そこへ、どこからともなく楽隊の音が聞こえてくると言うのです。それはやがて、療養中の作者の身体を取り巻いて、サーカスという華やかな世界へと誘って、連れてゆこうとします。その賑やかさ、楽しさに惹かれつつも、冷静で鋭敏な作者の心は、それが一時のまやかしであり、病に伏す自分の境遇からは遠いものであることを悟ってしまってもいるようです。しかしまた同時に、病の苦しさや人生の悩みから解放され、たとえほんの短い時間であっても、快い慰めに浸っていたい、という心理もしみじみと伝わってきます。

「サーカス」、「病」、「冬の天」、「囃す」という言葉がお互いに触れ合って、それぞれの意味と感覚の響きが、切ない心情の世界を奏でています。童話のような物語の内に、美しく哀しい余韻の残る作品です。（田中）

●サーカス来《き》てわが病《や》む冬《ふゆ》の天《てん》囃《はや》す

暑き街虚無僧が来て絶壁なす

『幹幹の聲』

●暑《あつ》き街《まち》虚無僧《こむそう》が来《き》て絶壁《ぜっぺき》なす

超現実的な光景を感じさせる句でありながら、突飛な印象を受けず、なぜかすんなりと受け入れられるのが不思議です。超現実的な光景を超現実的なまま納得させる力がこの句にはあります。それは、「暑き街」という人の気配が薄い言葉と、「虚無僧」に含まれる「虚無」の文字が、句の前半で調和しているからです。

絶壁とは（虚無僧のであると同時に）「虚無」の絶壁であることを、読者は自然と、いつの間にかわかっています。言わば句の前半で既に、超現実性を読者に受け入れさせる準備ができているのです。飽くまでも暑い虚無が、壁なして目の前に立っているのだと。

上五中七を「暑き街／虚無／僧が来て」と区切れば、僧の背後に虚無の絶壁が立っているのが見えるでしょう。あたかも僧がこの街に、虚無を引き連れてやって来たかのようです。

（山科）

ドアの把手に洋傘さがりこのビル病む

『幹幹の聲』

一本の洋傘によってビル全体が病んでいます。それは梶井基次郎の『檸檬』において、ひとつの小さな檸檬が、丸善というはるかに大きなものを破壊するような面白さと謎があります。

「洋傘」であることが謎にアクセントを添えています。文明開化とともに西欧から輸入された洋傘は、ただの「傘」よりも高級感があります。洋傘は天に向かって開かれ、持ち主と一緒に少し気取っておしゃれな街角を過ぎたこともあったでしょう。

その洋傘が今では閉じられ、「手段」としての存在目的を奪われ、宙づりになっています。それはどこか「ビル」という文明社会の象徴の内部で、必要とされなくなり首を吊った人間のようでもあります。

病むとは調和が乱れること。人間の進歩の結果とされる文明社会が、人やモノを抑圧し手段としている中で、誰かの手段であることをやめた傘の剥き出しの存在が、仮初《かりそめ》の調和に亀裂を与えているかのようです。（千葉）

●ドアの把手《とって》に洋傘《ようがさ》さがりこのビル病《や》む

ルンペン所有の一本の棒豊作かな

『幹幹の聲』

田圃の真ん中に一本足で立つ案山子が見えてきます。しかし、その案山子は、文部省唱歌「案山子」（武笠三作詞）にある「天気のよいのに蓑笠着けて」の案山子ではありませんでした。継ぎの当たったボロの背広にボロのズボンをはき、穴の空いた中折れ帽をかぶった近代的なルンペン姿の案山子でありました。

所有物と言えば「一本の棒」があるにすぎません。しかし、ルンペン案山子は誇らしげでした。「一本の棒」の周りは一面黄金色に実った稲でしたから。まさに「年も豊年満作」（唱歌「村祭」）なのです。

私は、「一本の棒」を取り巻くこの「豊作」を見ている内に、それが、一本の筆に見えてきました。作者が自らをルンペンと称し、筆一本で表現者として生き抜く姿勢を示した句に、思えてなりませんでした。黄金色に実った稲を満足そうに見渡し、田んぼの中に無一物ならぬ一本の棒によって立つ案山子の矜持に、私は嬉しくなるのです。

（武馬）

●ルンペン所有《しょゆう》の一本《いっぽん》の棒豊作《ぼうほうさく》かな

投げ早苗はたと宙にてとまるとき

『幹幹の聲』

一物仕立ての句で、リズムを整える切れは、次のようになります。

／投げ早苗／はたと／宙にてとまるとき
「早苗」を投げたら、「宙」にとまりました。物理的にはありえませんが、とまっているように見えたのです。

「早苗」の接頭語「さ」は、若々しさ、瑞々しさとともに、神をあらわし、「神稲」の意味です。他にも神である「さ」を持つ言葉は、桜（さくら）、酒（さけ）等があります。「はたと」は副詞で、突然やんだり止まったりするさまを表し、「早苗」の様子を強調しています。

古来より農耕文化の日本では、稲作は主食を担い、重要な役割を持ちました。これから大切な「米」になる、神の宿る「早苗」を放り投げたら、「宙」に留まりました。それは時間をも止め、一瞬の永遠性を提示しているようです。「早苗」が空間と時間を支配しているのです。

連綿とした農耕の神秘性と重要性を感じます。（村山）

●投《な》げ早苗《さなえ》はたと宙《ちゅう》にてとまるとき

12

月明の甘藍畑に詩は棄つべし

『くろはらいそ』

月明は、つきあかりでなく、げつめいと音読みします。ですから、月明かりというあいまいさではなく、皓皓《こうこう》とした月の明かりを思い浮かべます。その皓皓とした月の明かりが、キャベツ畑を白く照らします。

キャベツ畑は私たちの俗なる生活にそのままつながる場ですが、今、清らかな月の光に荘厳《しょうごん》されています。その美しく厳かに飾られたキャベツ畑は、「月明」という漢語と相まって、「甘藍」という美しい漢語をまとうことになります。キャベツ畑は甘藍畑という特別な場になるのです。

その俗を超えた美しい特別の場、甘藍畑こそ、私の詩を棄てるにふさわしい場であるとこの句は言っています。

言葉を削ぎに削いで生み出した詩を、日常生活から出る塵埃のように軽い気持ちで棄てることは、詩人には耐えられないのです。

詩を棄てるにふさわしい荘厳された場に、未完の詩を棄て続ける覚悟と、それに寄せる甘美な思いを持った人物がここにいます。


(武馬)

●月明《げつめい》の甘藍畑《かんらんばたけ》に詩《し》は棄《す》つべし

尾張平野よ一寒燈比類なし

『くろはらいそ』

冬の夜の広大な尾張平野の光景を詠んだ句として鑑賞してもよいのですが、「尾張平野よ」のよに着目して読みますと、面白いです。

写生の句から、一転、国誉めの句になります。

「尾張平野よ」と尾張平野は呼びかけられますと、擬人化した尾張平野が立ち現れます。その擬人化した尾張平野を、この人は、誉めます。

「一寒燈比類なし」と。

訳せば、「偉大な尾張平野よ、あなたの中にあって、あなたを照らすただ一つの寒々とした鋭い燈火は、この世界で他に比べるものはありません。」となります。それだけ、この尾張平野を照らす一つの寒燈は素晴らしいのです。

この国誉めは、予祝《よしゅく》と言われるものです。冬の燈の素晴らしさを言祝《ことほ》ぐことで、来るべき春の到来を祝うのです。

終わりなき尾張平野の弥栄《いやさか》を願う、尾張平野をこよなく愛する人の姿が見えます。

（武馬）

●尾張平野《おわりへいや》よ一寒燈比類《いっかんとうひるい》なし

癩の顔汗複雑に流れたり

『くろはらいそ』

この句は、一見、癩（ハンセン病）で病変した人の顔に流れる汗の様子を書いたもののように読めます。が、そうではありません。

作者がもし流れる汗の様子を書こうと思ったなら、単に「複雑に流れたり」などと言わずに、顔の複雑さを具体的に描いたことでしょう。

この複雑さは、この癩（ハンセン病）を患う人が、どのように生きて来たかの道筋の複雑さでしょう。それを図らずもこの人の顔を流れる汗の有様に見出したのです。

そしてそれは、同時に、「癩」（ハンセン病）が、時代に翻弄され、複雑な状況の中を流れて来たことをも、読者に読ませます。

「癩……複雑に流れたり」と。

ハンセン病の句としては、他に

のこるたなごころ白桃一つ置く　　双々子

などがあります。

（武馬）

●癩《らい》の顔汗《かおあせ》複雑《ふくざつ》に流《なが》れたり

15

火刑台なしばうばうと揚雲雀

『命命鳥』

火刑は文字通り罪人を火で焼き殺す刑罰のことです。日本でも放火の罪を犯した罪人が火あぶりの刑に処せられることがあったようですが、やはりヨーロッパの宗教的異端者や魔女狩り、なかでもジャンヌ・ダルクの火刑の印象が強いのではないでしょうか。「火刑台なし」という措辞は単に現代ではもう行われていない、もしくは存在していないという事実を指しているだけでなく、言い切ることで、かえって強調する効果があると思われます。

●火刑台《かけいだい》なしぼうぼ《ぼ》う《ぼ》と揚雲雀《あげひばり》

「ぼうぼうと」という言葉は火が燃えるさまを連想させつつ（その場合、歴史的仮名遣いでは「ぼうぼうと」になる）、文の構造上明らかに「揚雲雀」の様子を表しています。意味としては「茫茫と」と書くのがふさわしいのかもしれません。揚雲雀がはるかにあってぼんやりとしか見えない。しかも上五のとおり「火刑台」もない。つまり眼前にはほぼなにもないのに、鮮明な印象を与える不思議な句です。

（二村）

16

上昇のうぐひすうぐひすいろのこり

『命命鳥』

作者はうぐいすを待っていました。いつもこの辺りで綺麗な声で鳴くうぐいすを。

カメラを構え、やっと現れたうぐいすにそっとカメラを向けるとうぐいすはすごい速さで上昇を始めます。急いでカメラに収めようとしますが、高く高く飛んで行くうぐいすの残像だけがフレームの隅に残りました。

カメラを向けて残像、追いかけてまた残像。この状況が「うぐひすうぐひすいろのこり」というリフレインで表されています。そして平仮名で書いた「うぐひす」が、フレームに残された残像の形と重なります。

うぐいすは美しい明るい春の空に消えてしまい、作者は一人取り残されました。その感覚は何かに似ていました。作者にとってうぐいすは掴もうとしたけれど手の中をするりと抜けて掴めなかった夢のように感じたのです。下五の「いろのこり」の「のこり」という言葉は、心のこりにかけているのではないでしょうか。

（横山）

●上昇《じょうしょう》のうぐひ《い》すうぐひ《い》すいろのこり

飛行船ゆく火消壺實に暗し

『命命鳥』

句を読んでいると、ゆったりとした時間の流れを感じます。それは、音のリズムによる効果です。この句は十七音ではありますが、意味で区切ると「飛行船ゆく」と一見字余りのようになるため、読者は音の延びによって、時間が遅く流れているかのように思うわけです。その時間の流れは、悠々と空をゆく飛行船の動きと響き合い、更には火消壺の中で熾火が消えていくさまとも響き合います。

この句にはふたつの暗さがあります。火消壺の中と、飛行船が日を遮ってつくる影です。句を読んでいると、天を覆う巨大な飛行船の暗さと、地上にある小さな火消壺の暗さが重なり合います（壺や實の文字が、飛行船と似た形、先端が丸みをおびた円筒形であることに注目してください）。飛行するると小さいはずの火消壺のほうまで、飛行船と同じように巨大な闇をたたえているように感じられてきます。だからこそ、火消壺はただ暗いだけでなく「實に暗」いのです。

（山科）

●飛行船《ひこうせん》ゆく火消壺實《ひけしつぼげ》に暗《くら》し

沈丁の香の構造のなか通る

『命命鳥』

●沈丁《じんちょう》の香《か》の構造《こうぞう》のなか通《とお》る

早春に咲く沈丁花の香りは深く、遠くまで強い芳香を放ちます。その沈丁花の香りですが、「香」と言われるだけですと、単に日常感じる香りです。ところが「香の構造」と言われますと、香りの奥深いところで香りを作り出している根源のことを思います。

そして、思うばかりではありません。読者は、沈丁花の香のなかを身をもって通り、香りの根源のところで嗅ぎ、触れるのです。

香りは、いくつかの分子が互いに影響しながら繋がり、それぞれの香りの構造を形づくっています。この句では読者は、沈丁花の香りを作る無数の分子からなる世界のなかを通って行くわけです。「構造」という漢語が、「構造」のなかを通る読者に身体的抵抗感を与え、実感を生み出します。

日常の我々の沈丁花の香りの感じ方でなく、見えない香りのさらに見えない香りの構造、そのもののなかを通るという不思議な体験をさせてくれる句です。

（武馬）

うすぐらきからだのかたち残花戒

『命命鳥』

残花とは、花が散った後、枝に散り残る花、特に桜の花のことを指します。まだ生き残っている花と言い換えてもいいかもしれません。

「敗柳残花」という語があります。これは、美女の容貌が衰えたことのたとえ、また妓女や春をひさぐ女性のたとえとして用いられます。このことから、この「残花」はそういった女性たちととらえることもできそうです。

「うすぐらい」過去であるとか、悲しみを内に秘める女性の「からだのかたち」は、ひらがなの女文字で書かれています。思わず「かたち」からあふれ出してしまいそうな曲線的で流動的な広がりを持ちながら、終わりには「戒」できっちりと決着をつけています。その「戒」は、残花自身が自らに課した、命を賭す厳しいものだったのでしょう。

（松永）

●うすぐらきからだのかたち残花戒《ざんかかい》

はらいそや葉鶏頭より一歩退き

『命命鳥』

葉鶏頭は雁来紅とも呼ばれ、鶏頭とは異なる植物です。インドや熱帯アジアを原産としていて、花ではなく、鮮やかな赤や黄の葉が上部に大きく広がるところが鶏頭の花と似ているため、このように呼ばれているそうです。一方、「はらいそ」はおそらくポルトガル語のPARAISO、つまり天国を意味しています。葉鶏頭から一歩退く、そこに天国が立ち現れるのです。

聖書では、「退く」ことにも意味を与えています。「しかしイエスは、寂しい所に退いて祈っておられた（ルカ5：16）」。なにかを得ようとすること、攻めの気持ち、もちろんそういう時も人生には必要でしょうが、それが虚飾や虚勢につながることもままあります。

鶏頭花ではなくあえて葉鶏頭であるところも、気になりますね。葉鶏頭の花言葉は「不老不死」。羨ましい言葉ですが、有限である人間にとっては過ぎた欲望でもあります。ここからあえて一歩退いてみたところから、天国への道がみえてくるのではないでしょうか。

（赤野）

●はらいそや葉鶏頭《はげいとう》より一歩《いっぽ》退《ひ》き

21

曼珠沙華たてまつる靴塚のあをぞらへ

『命命鳥』

靴は、その人の生き方、暮らしぶりを表し、また支えてくれるものです。靴塚と聞くと自然に多様な足が集まる景が思い浮かびます。

この句にある「靴塚」は一九五九年（昭和三十四年）に起きた伊勢湾台風の慰霊碑（愛知県名古屋市南区）を指しているのでしょうか。

この地では、被害の後で水が引き、亡くなった方々と共に、持ち主不明の靴や雨靴が散乱しました。それらの靴は一か所に集められて自然と花や線香が供えられるようになったそうです。

もうこの世には存在しない、被害にあった人々が天の「あをぞら」で過ごせますようにと、句の中の人物は、彼岸花とも言われる赤く輝く「曼珠沙華」を「たてまつる」ことで亡くなった方々を悼んでいます。「曼珠沙華」の赤と「あをぞら」とのコントラストの美しさがかえって、自然がもたらした災害のむごたらしさを印象付けます。

（松永）

●曼珠沙華《まんじゅしゃげ》たてまつる靴塚《くつづか》のあを《お》ぞらへ

雪にゐる鴉のつらき光かな

『憂鬼帖』

この俳句は、普通、「ふりしきる冷たい雪の中に鴉が一羽寂しさに耐えて枝に止まっている。白い雪の光を反射して黒光りする羽の輝きは、孤独のつらさを訴えているかのようだ。」と読まれることでしょう。

果たしてそうでしょうか。この句では、「雪にゐる」とは書いてありますが、「ふる雪に」とは書いてありません。ですから、「雪にゐる」は、「ふりしきる雪の中に」とは取りません。「雪にゐる」とそのまま読みます。「雪にゐる」とは、まさしく言葉通り雪そのものの中にいると読みます。雪そのものの中にいて雪から出られないでいる鴉という存在です。

汚れのない真っ白な雪から出られないからこそ「つらい」のです。その汚れのない真っ白な雪から出られない鴉のつらさが、黒い光として放たれています。

雪、すなわち美に囚われ、しかし、黒い鴉であることしかできないものが、ここにいます。

（武馬）

●雪《ゆき》にゐ《い》る鴉《からす》のつらき光《ひかり》かな

冷傘《りやんさん》や坂みづいろにしゆりぐすく

『憂鬼帖』

「しゅりぐすく」は、首里城。沖縄の古い言葉です。冷傘はひんやり涼しい日傘で、夏の季語です。作者は、「しゅりぐすく」に合わせて、「りゃんさん」と振り仮名をつけています。

夏の暑い日、冷傘をさして坂道を上ってゆけば、その坂も涼しく感じられ、首里城へと辿り着きます。見渡せば、遥か遠く水色の海が広がっています。その景色の中に、時空を超えて、琉球王国の頃の首里城が浮かび上がってきます。

琉球王国は、海を隔てた隣国の中国そして日本と交流しながらも、独自の文化を形成していきました。大海原に遥か昔からぽっかりと浮かぶ島の首里城は、もしかしたら、この島にとって暑い夏の日に差す涼しい日傘のような城と言えるのかもしれません。

（川島）

●冷傘《りゃんさん》や坂《さか》みづ《ず》いろにしゅりぐすく

24

からすくる穹や花ちるは　さすらひ

『憂鬼帖』

ひらがなは透明感を持った文字です。そのひらがなで書かれた見えない「からす」が、アーチをなした無辺の青空を降下して来ます。

やがて、見えない鴉の降下する不穏な大空では、その不穏を感じた桜の花びらがはらはらと散るのです。「花ちるは」のひらがな「ちるは」は、ここでは、一つ一つが散っていく桜の花びらです。

「花ちるは」の後の一字空きは、読者が息を詰め、上の句から生まれた感情を溜める間であり、句に空間を感じさせるための仕掛です。そして、この一字空きによって、句にひねりが加えられることになります。

このひねりによって、直ぐ上の「花ちるは」を受けた「さすらひ」は、「ちるは」と同様に、不穏な大空のもとをさすらう桜の花びらの一枚一枚でありなら、同じ大空のもとをさすらう作者自身のこころになるのです。

縦書きと漢字・ひらがな表記、一字空きという言葉さばきを見事に駆使して書き上げた美しくもあやうい句です。


（武馬）

●からすくる穹《そら》や花《はな》ちるは　さすらひ《い》

くちなしは三十三身にほふかな

『憂鬼帖』

「くちなし」は「梔子」と「口無し」が掛けられています。訳してみましょう。

「梔子の花は、口無しゆえに言葉ではなく、三十三の身体から匂い立つかのようにすばらしい芳香を放ち、世界を美しく飾るのだ。」となります。美しい句です。

「三十三身」以外はひらがなになっています。それは、ひらがなの姿形から来る働きが十分に考えられているからです。ひらがなは、やわらかく、透明感にあふれています。そのひらがなのやわらかさ、透明感を生かしてこの句では、梔子の花の匂いが表されています。俳句では、このように文字の姿形を効果的に使います。双々子の俳句は、それが極限にまで発揮されています。

ちなみに、観世音菩薩《かんぜおんぼさつ》は、三十三の姿に変身して人々を救うと言われています。


（武馬）

●くちなしは三十三身《さんじゅうさんしん》にほふかな《おう》

かぜはかきつばたはとはせづかひはぐれ

『憂鬼帖』

すべてひらがな表記の俳句は呪文のように聞こえます。それは、はっきりした言葉になる前の言葉の姿を表しています。

この俳句は、古事記の、神の世界でもあり人間世界でもある時代の言葉「馳使《はせづかひ》」を核に、すべてひらがなで書かれています。

漢字交じりで書けば、

風は杜若はと馳使逸れ

でしょうか。「風を求め杜若を求め、天地を駈ける馳使はとうとうはぐれてしまった。この世というものに。」となります。

しかし、このように漢字交じりで書いたときには、すでにこの句の言葉の力は失われています。手品のように「はと」が隠され、さらに何かが隠されているような呪文めいた言葉の力が。

読み仮名を振ることすら、はばかられる句です。

（武馬）

●かぜはかきつばたはとはせづかひ《ぃ》はぐれ

花ざくろ十一面の月日かな

『憂鬼帖』

この句の季語は「花ざくろ」で、梅雨空の下、赤い多肉の筒状の萼をもつ鮮やかな赤橙色の花は印象深く、情熱あるいは情念のようなものを、感じさせます。

一句の中で、花ざくろと十一面という言葉が響き合えば、花ざくろからは情念を感じ、十一面からは、頭部に十一の顔を持つ菩薩である十一面観音が思われます。この十一の顔とは、慈悲の表情を持つ柔和相（菩薩面、慈悲面とも）が三面、憤怒相が三面、讃嘆の表情の白牙《ばくげ》上出相《じょうしゅっそう》が三面、笑顔の大笑相が一面、仏相が一面です。それらは、とりもなおさず、人間の持つ様々な顔、様々な情念だとも言えるでしょう。

花ざくろを見て、人生はさながら、十一の顔、すなわち慈悲、憤怒、讃嘆、笑顔、仏相といった顔、言い換えれば様々な情念や情感とともに歩む月日なのだなあと感慨にふけるのです。

（川島）

●花《はな》ざくろ十一面《じゅういちめん》の月日《つきひ》かな

誰が花野ダムダムダム弾ぞこぼれたる

『憂鬼帖』

訳せば、「誰の美しい花野であろうか。他ならない汚い兵器、ダムダム弾がこぼれているぞ。」でしょうか。

この花野の持ち主は、美しいこの花野を持っています。ところが、この花野を見ている句の中の人は、ダムダム弾がこぼれているではないかと言っています。ダムダム弾のダムダムはこの兵器が作られたインドの地名だそうですが、濁音を繰り返す、いかにも汚い兵器にふさわしい名は、この句の中に響き渡っています。

そして、汚らしいダムダムという音は、ダムダム弾が花野に零れる音でもあります。また、零れたるが「こぼれたる」とひらがなになっているのは、ダムダム弾の零れる様子をひらがなのばらばら感で表現するためです。

美しい花野であると皆に言いながら、その実は虚飾に満ちた薄汚い花野であったのです。そんな花野はいったい誰のものかとこの句は問うています。

（武馬）

●誰《た》が花野《はなの》ダムダム弾《だん》ぞこぼれたる

水仙が捩れて女はしりをり

『あるゐ抄』

●水仙《すいせん》が捩《ねじ》れて女《おんな》はしりを《お》り

この俳句は、中七の「捩れて」が眼目です。俳句はひねりの文芸ですが、まさに「捩れて」という言葉によって、この句は俳句になっています。本来「水仙」と「女はしりをり」は何の関係もない言葉です。その二つの言葉をつなぐのが「捩れて」なのです。では、読んでみましょう。

黄色い花をつけ、すらりとして美しい水仙が、何かの拍子に捩れました。すると、その水仙は走っている女に変身します。

水仙は、水に映った自分の姿に恋をしたと言われるギリシャ神話の美少年ナルキッソスの化身です。その化身がちょっと捩れた途端、美しい水仙の面影をなびかせ、どこへともなく走っている一人の女に変わったのです。

このように「捩れ」は、非日常の世界を生み出す働きをします。そして「水仙が捩れて」「捩れて女」（二通りに読めます）という表現から感じられるように「捩れ」はとても身体的、官能的です。

そんな「捩れ」が生み出したエロティックな俳句です。　（武馬）

かうやくを貼りゆふがほを貰ひにゆく

『あゐゑ抄』

●か《こ》うやくを貼《は》りゆふ《う》がほ《お》を貰《もらい》ひにゆく

膏薬を貼った身で、夕顔の実を貰いにゆく。いかにも庶民的な暮らしの一場面が見えます。にもかかわらず、一句には、何かしら優雅で夢のような雰囲気も漂っています。

その秘密は、「貼り」・「貰ひに」という生活感の漂う漢字以外は、すべて平仮名という表記にあるようです。膏薬が「かうやく」、「夕顔」が「ゆふがほ」、そして「ゆく」と、ウ音の連なりから生まれる響きと、平仮名表記の柔らかさや緩やかさを感じさせる視覚効果が相まって、読み手の心を雅な世界へ誘いこんでくれるのでしょう。文字の音と形象の交響的効果を十分承知し、生かし切った一句です。

「ゆふがほ」というひらがな表記は、源氏物語の夕顔の面影を呼び起こし、貰いにゆくのが、まるで夕顔の花のようにも見えてきます。そうなると、「かうやくを貼り」までもが、何かはかないうすものを纏《まと》っているかのような気がしてきます。重層的なイメージを喚起させる一句です。（かわばた）

さくらとぶ山を山からおろすなり

『あるゐ抄』

「さくらとぶ」は飛花というより、菅原道真の梅のごとく、桜木がぴゅんぴゅん飛び出す絵を思わせます。阿部完市の「ローソクもつてみんなはなれてゆきむほん」もそうですが、ひらがなによる表記が、抽象的かつ夢幻的な世界観を担保します。

後に続くのはさらに不可思議な措辞で、「山を山からおろすなり」です。しばし困惑しましたが、私は以下のような物語を紡ぎました。どこからともなく巨人が現れ、「山又山」の中に「山桜又山桜」といった光り輝く一角を見つけます。巨人はレゴブロックで遊ぶかのように、でこぼこの山々を引き剥がしたり引っ付けたり。特にお気に入りなのが、「さくらとぶ」ブロック、薄桃色に発光しながら浮遊するブロックです。

少し離れた山の一隅に、双々子は桜の一群を見ました。そのあまりの白さ、飛び出して来るような鮮烈さに打たれ、尋常ならざる夢想を展開したのではないでしょうか。

（山本）

●さくらとぶ山《やま》を山《やま》からおろすなり

蝗とび否否といふ山の襞

『あゐゑ抄』

●蝗《いなご》とび否否《いないな》といふ山《うやま》の襞《ひだ》

「蝗」と「否」の音が重なっていますが、ユーモラスな雰囲気はなく、むしろ空恐ろしさを感じさせます。「蝗害」を連想させる蝗がとぶと、否否と拒絶の声が上がります。ふたつ重なる音は、蝗自体の数が増えていくようにも見えます。

否否とは誰が言っているのでしょうか。そして何に対して言っているのでしょうか。言ったのは蝗だとも、山の襞だとも読めます。巨大な山が拒絶の声をあげ、その襞が波うち、震えているさまが目に浮かびます。それこそ山が蝗害を恐れているようにも思えますが、理由がはっきりとは書かれていないため、大いなる拒否の想いだけを読者は感じ取ります。一文字の「否」に比べ、「否否」という言い方はより感情的です。必死になって否定すべき、目に見えない恐ろしさがここには満ちているのです。（山科）

黄塵萬情や自転車のゆれすがた

『三千抄』

春先になると、偏西風にのって中国北部やモンゴル高原の砂漠の黄砂が日本まで運ばれてくることがあります。空は黄褐色になり、日光さえも遮られ、まさしく黄塵万丈の世界が出現します。

そうなれば、通りを行く自転車さえも、ぼんやりとゆらゆら揺れ始めることでしょう。そんな春先の情景を描くこの句の季語は、黄塵です。

この句に使われている表記に注目してみると、「万丈」ではなく「萬情」が使われていることから、黄塵が覆いつくす空の下で、様々な心の動きが沸き起こっていることがわかります。さらに、「自転車のゆれすがた」という平仮名表記からも、黄砂によって悪くなった視界の中にいて、心が揺れていることが示されています。

寒い冬が去り、春は希望の季節とは言うものの、出発があれば別離もある、そんな複雑な春先の気分、心の揺れが黄塵に寄せて表されています。

（川島）

●黄塵萬情《こうじんばんじょう》や自転車《じてんしゃ》のゆれすがた

かつて青葉繁れり凶と啼きながら

『囁囁記』

かつて、戦前・戦中期によく歌われた小学唱歌「桜井の訣別」の歌詞を踏まえた句です。一番の歌詞の冒頭、「青葉茂れる桜井の／里のわたりの夕まぐれ」の「青葉茂れる」を、「かつて」から始まる俳句の文脈に入れるために「茂」が「繁」に変えられ、「青葉繁れり」にされています。そして、「凶と啼きながら」ですが、これは最後の六番の「空に聞こゆる時鳥《ほととぎす》／誰れか哀《あわれ》と聞かざらん／あわれ血に泣くその声を」を面影に持っています。

かつて、死地に赴く楠木正成《くすのきまさしげ》と正行《まさつら》父子の桜井での今生の別れのシーンは、忠君愛国の極みでした。かつて「青葉茂れる桜井の里のわたりの夕まぐれ」と歌い、さらには、楠木正成と正行父子の至上の道徳忠君のための別れの哀しさにホトトギスも血を吐かんばかりに鳴き泣いていると歌いました。しかし、かつて、青々と繁った生命力あふれ希望に満ちた青葉の中から、ホトトギスならぬ得体の知れない鳥が「凶」と啼きながらどこかへ飛んで行ったのです。恐ろしくなる句です。

（武馬）

●かつて青葉《あおば》繁《しげ》れり凶《きょう》と啼《な》きながら

げんげんばらばらや哭くすがた踊る

『囁囁記』

●げんげんばらばらや哭《な》くすがた踊《おど》る

「げんげんばらばら」は「ケンケンパタパタ」。キジの鳴き声と羽音を表していると言います。岐阜県郡上八幡で毎夏行われる「郡上踊り」の一つで、古くから郡上地方に伝わるわらべ唄を原型としています。歌詞にあるように、鷹にさらわれた幼い子どもの話をベースとして、わが子をさらわれた母の慟哭の姿を踊りに模しているそうですが、画面越しに保存会の踊りを見る限りでは、私にはあまり、その悲哀を共有することはできません。

随分前に亡くなった懇意の老作家は、酒を酌むたびに青春期の思い出として、郡上踊りの話をしてくれました。佳境に入ると口をつぐんで、ただにやにやとしていましたが、その当時、たぶん盆踊りの側面には、古代からの歌垣の残滓が色濃く在ったのではないでしょうか。性の解放、それは精神の解放でもあり、為政者に対する自由への意思表示だったようにも思います。勿論、作者の芸能への敬愛も感じますが、何もかも忘れて見知らぬ人と一緒に踊りたくなるパワーが、句に込められてはいないでしょうか。(赤石)

36

桔梗折るあたりいちめん狂ひゐて

『囁囁記』

狂うと言う言葉を使う時には、もともとそこに予定値や正常値、通常の状態があったはずです。掲句ではそれを逸脱し、あたりは混乱し、変調し、混沌として異常な状態になっていきました。その状況の中で作者は桔梗を折っているのです。あたり一面が狂っていく状況は、紫色の美しい桔梗の悲劇的な伝説を彷彿とさせます。

その一つは、平将門と〝桔梗〟と言う名の侍女の伝説です。〝桔梗〟は寵愛を受けますが、後に敵のスパイだったことがわかり手討ちにされました。また本能寺の変で有名な明智光秀は桔梗紋を家紋としていました。しかし信長を裏切って以来、桔梗の紋は『裏切りの家紋』だと言われるようになりました。そんな悲劇的なイメージのある桔梗ですが、掲句では何を表しているのでしょう。それは愛ではないでしょうか。変わることがないと思っていた愛が何かによって変調をきたし、作者は自らの手でそれを終わらせているのです。桔梗の花言葉の「永遠の愛」とも重なります。（横山）

●桔梗《ききょう》折《お》るあたりいちめん狂《くる》ひ《い》ゐ《い》て

稲刈る音一つつれゆく白き世を

『囁囁記』

稲を刈る音が一つするたびに、立ち枯れた白い稲の束をどこかへ捨てている人の姿が見えてきます。しかし、いつしかそのような光景は消え、別の光景が見えてきます。

立ち枯れた白い稲を刈る音が一つするたびに、その音が、一つの「白き世」をどこへともなく連れて行く光景を。

この、稲を刈る音が連れて行くという「音」を擬人化した表現の在り方が、読者を不思議な感覚に誘い、日常を超えた世界に連れて行きます。

そして、「白き世」は、立ち枯れの田のイメージを超えて、意味を失った空白そのものの世界である「白き世」（虚無）となって現れます。

その「白き世」（虚無）をどこへともなく連れて行く、稲刈る音はいつまでも止まないのです。

働くことが、思想へと昇華されて行く姿をとらえた句です。（武馬）

●稲《いね》刈《か》る音一《おとひと》つつれゆく白《しろ》き世《よ》を

この良夜つくゑに死後のつばさを置く

『囁囁記』

●この良夜《りょうや》つくゑ《え》に死後《しご》のつばさを置《お》く

「この」から書き出され、作者の「今、ここで」という強い意識、意志が感じられます。一年に一度の魔力を湛える満月が机を照らし、そこに「死後のつばさを置」かんとするのですが、一体何の、あるいは誰の翼なのでしょう。その辺りを飛ぶ通常の鳥のものではなさそうです。中秋にしか可視化されない妖しい鳥、あやかし。死んだ知人、エンジェルのように翼を持つことになったその人のもの。または、本人という線もあるでしょうか。遺書として我が翼を残す。生者が「死後のつばさを置く」とは矛盾した話ですが、「この良夜」であれば、黄泉と現世を行き来し、時空を越えて持って来られるのかもしれません。いずれにせよ、潔癖な月光下においてのみ許される、悲壮で崇高な儀式なのです。

あるいは、「つくゑにつばさ」は羽根ペンを連想させ、その鳥か妖怪か人にまつわる文章を記することの暗示であるのかも。（山本）

水ぬるむに或るアンヌうしろにゐる

『囁囁記』

難解な句です。アンナでもなくアンネでもなくアナでもなく、アンヌ。或るアンヌですから読者は特定の人物に縛られることなく各々のアンヌをイメージすれば良いと思います。そうは言うものの水ぬるむという季語とフランスの女性を思わせるアンヌは簡単には結びつきません。私がこの俳句からイメージするアンヌは聖母マリアの母であり、イエス・キリストの祖母でもある聖アンヌです。

聖アンヌを描いた代表的絵画のひとつに、レオナルド・ダ・ヴィンチの『聖アンナと聖母子』があります。聖母マリアとその子イエス・キリストを包み込むように聖アンヌが後ろにいます。アンヌの存在自体が温かさの源であるかのような俳句です。

また、「水／ぬるむに／或る／アンヌ／うしろに／ゐる」と文節に区切ると最初の五音は語頭が子音ですが後の七音五音の語頭はすべて母音なのです。これもこの俳句の大きな特徴です。

（芳野）

●水《みず》ぬるむに或《あ》るアンヌうしろにゐ《い》る

煙管もて椿をずつとほくにする

『囁囁記』

祖母が煙草を吸っていたので、真鍮の雁首と吸い口の付いた飴色の煙管は身近にありました。詰めるのはきざみ煙草です。

煙草を吸うとき、祖母は雁首を火種に近づけてすぱすぱと吸い、火がつくと一服します。吸い終わると火皿を俯せに、ぽんっと雁首で火鉢や煙草盆の縁を打って、灰を落としていました。

縁側近くに椿があって、祖母もいつも間近に見ていたと思うのですが、煙草を吸い始めると煙に目を細めるばかり。煙草との親密な時間に、目の前の椿にも関心が向かないようでした。

煙の中に自己を解放する時間が祖母にも必要だったのでしょう。意図するしないにかかわらず、煙管を持っている人には、外界はずっと遠くにあったのです。

（星野）

●煙管《きせる》もて椿《つばき》をずつととほ《お》くにする

わが九月せいたかあわだちさう濁るか

『囁囁記』

昭和三十四年九月、人々に甚大な被害をもたらした伊勢湾台風は、小川双々子の暮らす愛知県にも大きな影響を及ぼしました。「九月」とはその出来事を指すかもしれませんが、直接は語られず「わが九月」となっています。「他の何ものでもない、私の九月」。「私」は作者独自のものでありながら、誰もが各々に感得する普遍的なものです。この句は、出来事から触発された内的感覚を、植物と水の表現で示しています。

「せいたかあわだちさう」が漢字ではなくひらがなで書かれ、俳句の短さの中で十文字、それが縦書きになっていることで、読者には花の「高さ」が視覚的にも印象付けられます。ひらがなのひとつひとつに泡立つ泡のやわらかさがあり、結句の「濁るか」という水の表現へつながります。

結句「濁る」ではなく「濁るか」。断定ではなく、問いを残す形で終わっています。問いは心にざわめきを引き起こします。反芻するたびに心の平静は波立ち、「わが九月」の記憶が呼び起こされるのです。

（千葉）

●わが九月《くがつ》せいたかあわだちさう《そ》濁《にご》るか

榠樝がちひさなこゑでくわりんといふ

『囁囁記』

榠樝の実《み》は黄色い楕円形で、時にじゃがいものような形のものもみかけます。とても良い香りがするのですが、かじってみると渋くて食べられません。

その榠樝が「くわりん」と自分のことを言っているのはユーモラスです。「榠樝」と「くわりん」は同じ読み方ですが、雰囲気がだいぶ違います。「榠樝」の漢字の持ついかめしさと「くわりん」のひらがな文字のやわらかさとの対比は、外見と中身の違いが大きな榠樝の特徴をとてもよく表しています。

実際の自分とは異なる、大げさな名前を付けられて困ってしまった「くわりん」。彼女が「ちひさなこゝろ」でつぶやいたことを聞きのがさずにいた人がこの句を詠みました。

（松永）

●榠樝《かりん》がちひさなこゝろ《い》でくわりん《え》といふ《か》《う》

かの歔欷の雪のちらつきはじめたり

『囁囁記』

●かの歔欷《きょき》の雪《ゆき》のちらつきはじめたり

「歔欷」とはすすり泣き、むせび泣きのことを指します。かなり古風な表現で、近年の文芸ではあまり見受けられません。有名な用例としては、太宰治「走れメロス」にこのくだりがあります。『群衆の中からも、歔欷の声が聞えた。暴君ディオニスは、群衆の背後から二人の様を、まじまじと見つめていた』。問題は「かの歔欷の雪」とはなにか、ということです。つまりこれは、ある著名な雪中での歔欷を思い起こさせる雪が降り始めた、という句ということなのです。もちろんメロスではありません。筆者の推測ですが、旧約聖書の詩篇五一のダビデの詩『ヒソプの枝でわたしの罪を払ってください、わたしが清くなるように。わたしを洗ってください、雪よりも白くなるように。』ではないでしょうか。罪を払うために枝に打たれようとするダビデの懺悔や悔恨の情です。これを下敷きに、すすり泣く声と雪片の儚さを取り合わせた、美しい悲歌の一句なのです。（赤野）

非さすらひたけのこを掘りのこしたる

『囁囁記』

俳句と「さすらひ」は深い関係を持っています。「片雲の風に誘はれて漂泊の思ひやまず、海浜にさすらへ……」（『おくのほそ道』）という松尾芭蕉。俳人はしばしば「さすらひ」に憧れてきました。旅、放浪には、世俗を離れ心の自由を持つことや、真の生き方を追求するという意味合いもあります。

そんななか、この句は「非さすらひ」で始まります。独特の言葉は、通常の言い方では伝えきれない作者の強い思いを読者に感じさせます。単に「さすらわない」という意味でなく「非さすらひ」には土着に根差す存在の根源が示されています。小川双々子は濃尾平野に暮らし、時に抽象的な思念へ沈潜しましたが、眼差しの根底には土俗的生命観がありました。

力を尽くしても掘り切れないほど地に深く根を張る「たけのこ」は「非さすらひ」の象徴的存在にみえます。また、掘ることに疲れても食べるためにたけのこを引き抜こうとする、土と深くつながって生きる人間の姿も。たけのこという初夏の生命力が、句にみずみずしさを添えています。（千葉）

●非《ひ》さすらひたけのこを掘りのこしたる

風や　えりえり　らま　さばくたに　菫

『囁囁記』

「風や」と切字によって一旦吹き上がった風は、「えりえり」と吹き、同時にこの「えりえり」は「らま」に掛かり、「えりえり」と重い荷を負い砂漠を歩むラマを生み出します。風は、やがて谷を吹き抜け、菫に到ります。

ついで、この日本語による世界に、「エリ、エリ、ラマ、サバクタニ」（その意味は「わが神、わが神、なんぞ我を見棄て給ひし」）という、マタイ伝第27章46節にある十字架上のキリストの最期の言葉を重ねて読みます。この言葉は、文字通りに取れば、信頼していた神への恨みの言葉です。しかし、この言葉は、旧約聖書の「詩編22」の初めの言葉でもあります。「詩編22」では、全体として神への信頼の表白になっています。

このように、この句は、神への信頼とゆらぎを抱えています。そのため、その信頼とゆらぎを越え、人類に安らぎを与える菫、すなわち愛が最後に置かれました。風が吹きすさぶ荒野を重荷を負うて行くものの前に、強く、美しく一輪の菫が咲いていています。

（武馬）

●風《かぜ》や　えりえり　らま　さばくたに　菫《すみれ》

くちなはのゆきかへりはしだてを曇りて

『囁囁記』

この俳句は、一句全体が「くちなわ」（蛇）と、「くちなわ」の這う姿の形になっていています。そして同時に、天橋立を面影とし、その形にもなっています。ただ一つの漢字「曇」は、天橋立が切れている所であり、くちなわの頭です。これが、この句の視覚詩としての側面です。では一句の言葉に即して読んでみましょう。

「くちなはのゆきかへり」は、天上と地上をつなぐ天橋立伝説の天橋立を通ってなされています。句は「くちなはのゆきかへり」で切れているように見えますが、「……はしだてを」で切ります。ここで切れば、「はしだてを」の後の「ゆ（行）き」が書かれていないことが分かります。「雲りて」は、橋立が曇るのではなく、「くちなはのゆきかへり」が曇るのです。

曇る行き帰りとは、天と地を輪廻のように永劫に行きつ戻りつしなければならないくちなわの業から来る翳りです。もう一度、句の形を見てください。自らの尾をくわえるウロボロスの蛇の姿が見えてくるはずです。（武馬）

●くちなは《わ》のゆきかへ《え》りはしだてを曇《くも》りて

47

黒揚羽のぴんととびたる渚かな

『囁囁記』

黒揚羽は比較的よく見る蝶です。ふわりふわりと優雅に飛び回ったり、空高く舞う姿は目にしますが、「ぴんと」という表現に読者はおや？と思います。しかも飛んでいるところは渚です。海や川、湖の波が打ち寄せる水際。本来蝶がいるのは山や野であり、花の咲いていない渚にいることは稀ではないでしょうか。

渚が出てきたことで横一線の景が見えてきます。「ぴんと」という言葉からまるで渚までもがぴんと張り詰めた一本の線に見えてきます。「ぴんととびたる」と言われたときに、どうしても燕のようにある程度の速度で飛翔する姿を思い浮かべますが、ここではその渚の線をきちんと見せるために黒揚羽のあの速度で渚をなぞります。キラキラと輝く水を背に黒は良く映えるでしょう。黒揚羽は渚が弛まぬようにくっきりとした太い黒い線を引く役割を担っています。だから字余りをしても夏蝶ではなく黒揚羽なのです。

（なつ）

●黒揚羽《くろあげは》のぴんととびたる渚《なぎさ》かな

おもしろうて燃えてゐるなり夜の河

『囁囁記』

「燃える」に似た言葉で「炎ゆ」あるいは「灼く」という晩夏の季語があります。どちらも昼の太陽の下のはげしい暑さを示していますから夜の光景を詠んだ掲句の「燃えてゐるなり」は季語ではない、と言えるかもしれません。実際に河が燃えることなどあり得るのでしょうか。空襲のすさまじい炎が川面を走って対岸にまで移ったという体験談を思い出しました。けれど「おもしろうて」という上五からの展開としては違和感があります。「おもしろうて」とはじまれば、俳人ならば誰でも芭蕉の「おもしろうてやがて悲しき鵜舟哉」の句を思い浮かべるでしょう。双々子の句は「燃えてゐるなり夜の河」が一読どういう状況なのかわかりにくいため、芭蕉の句を踏まえると、鵜飼の篝火が川面に映っているのだと納得できてしまいます。けれど芭蕉の句をなぞったような作品を作るでしょうか。

ふと「夜の河」は星空のことではないかと思いました。今のところそう読むのが個人的にはいちばんしっくりとくるのです。

（二村）

●おもしろうて燃《も》えてゐ《い》るなり夜《よる》の河《かわ》

廃兵や越中よりの雪となり

『囁囁記』

●廃兵《はいへい》や越中《えっちゅう》よりの雪《ゆき》となり

「や」という切字のために、普通は「廃兵や」で切って、すぐ続けて「越

中よりの雪となり」と読むことでしょう。しかし、切字は決して切りっぱ

なしではありません。切ってつなぐのが身上です。まず「廃兵や越中より

の」と読みます。「ああ廃兵であることよ！　越中よりの。」となります。

次いで「越中よりの雪となり」と読みます。この句は、重ねて読んだ

「越中よりの」でひねられているのです。全体ではこうなります。

「ああ廃兵であることよ！　越中よりの。その廃兵である私の足跡を消

すかのように越中から流れ込んだ雪となったことだ。」

廃兵とは、戦争で身体に障害を受け、兵士としての働きができなくなった人です。寂しさも悲しさもみじめさも怒りもそなえた存在です。軍国の時代においてはなおさらです。

人に廃をつけることの残酷さを、現実の富山でなく万葉集に関わりある古い地名、越中を使うことで、深い抒情をもって書かれています。（武馬）

天上をX字架刑の春ゆくに

『囁囁記』

殉教者たちが、X字架*にかけられる春。

その春が、今まさに天上を行くのです。

全人類を救うためにイエスがかけられた十字架ですら異様なことなのに、十字架を四十五度傾けたX字架刑は、楽しいはずの春になされます。

その春は天上＝神の世界をただただ過ぎ行くのです。

神の子イエスの死だけで足りずに、復活の春にさらにX字架にかけられなければならない殉教者の出現する人間界。

そこに生きる罪深い人間は、ただ天上を行くX字架刑の絶えることのない春を見上げるだけです。「春ゆくに」のにに、行く春を眺めている人物の深い悔恨が込められています。悲しい春です。

*十二使徒の一人で、シモン（＝ペトロ）の兄弟の聖アンデレが、磔刑に処せられました。その十字架がX字の形をしていました。（手足を広げた姿を想像してください）

（武馬）

●天上《てんじょう》を X《エックス》 字《じ》架刑《かけい》の春《はる》ゆくに

花野なる死体の俺の靴ぬがせよ

『囁囁記』

花野は秋の季語。華やかではありますが幾ばくかの寂しさを伴います。「花野なる」の「なる」という助動詞が断定（花野で｜ある）なのか存在（花野に｜ある）なのか少し悩みます。「花野である」と断定にすると、花野＝死体の俺、となります。双々子は花野ではないので、断定ではなく存在と解釈し、「花野にある死体の俺」と考えた方が良さそうです。

花野という大きな柩の中にある死体の靴を脱がせよ、と読者に訴えています。本来ならば遺体には草鞋を履かせます。死後の世界で修業をするためです。しかしその靴は無用というわけです。双々子は修行などせずずっと花野に居たいと願っているのでしょう。花を愛で俳句を作りたい、そう願っています。そう、「花野なる」の「なる」はやはり断定の助動詞でもあり、花野は双々子そのものなのです。花野になった双々子は何処にも行く必要はありません。綺麗な花々を踏みつぶす靴も要りません。（なつ）

●花野《はなの》なる死体《したい》の俺《おれ》の靴《くつ》ぬがせよ

日立てふ娼婦に来りしは蜻蛉か

『囁囁記』

郵便はがき

料金受取人払郵便

名古屋中局
承　　認

615

差出有効期間
2024年6月
30日まで

460-8790

413

名古屋市中区
丸の内三丁目6番27号
（EBSビル8階）

黎明書房 行

購入申込書

●ご注文の書籍はお近くの書店よりお届けいたします。ご希望書店名をご記入の上ご投函ください。（直接小社へご注文の場合は代金引換にてお届けします。1800円〔税10％込〕未満のご注文の場合は送料800円，1800円以上10000円未満の場合は送料300円がかかります。10000円以上は送料無料。）

（書名）	（定価）　　円	（部数）　　部
（書名）	（定価）　　円	（部数）　　部

ご氏名　　　　TEL.

ご住所 〒

ご指定書店名（必ずご記入ください。）	取次・番線印	この欄は書店または小社で記入します。
書店住所		

愛読者カード

－

今後の出版企画の参考にいたしたく存じます。ご記入のうえご投函くださいますようお願いいたします。新刊案内などをお送りいたします。

書名	

1. 本書についてのご感想および出版をご希望される著者とテーマ

※上記のご意見を小社の宣伝物に掲載してもよろしいですか？

□ はい　□ 匿名ならよい　□ いいえ

2. 小社のホームページをご覧になったことはありますか？　□ はい　□ いいえ

※ご記入いただいた個人情報は，ご注文いただいた書籍の配送，お支払い確認等の連絡および当社の刊行物のご案内をお送りするために利用し，その目的以外での利用はいたしません。

ふりがな
ご氏名　　年齢　　歳
ご職業　　（男・女）

（〒　　　）
ご住所
電　話

ご購入の書店名		ご購読の新聞・雑誌	新聞（　　） 雑誌（　　）

本書ご購入の動機（番号を○で囲んでください。）

1. 新聞広告を見て（新聞名　　）
2. 雑誌広告を見て（雑誌名　　）
3. 書評を読んで
4. 人からすすめられて
5. 書店で内容を見て
6. 小社からの案内
7. その他（　　）

ご協力ありがとうございました。

日立と言えば、茨城県にある日立市です。この句は、市の名前にある「日立」という言葉の美しさを再発見し、書かれたものに違いありません。

まず「てふ（という）」です。日立と娼婦の関係を直接言わずに、「てふ」を入れることで、日立と娼婦の関係をあいまいにしています。あいまいにすることで、日立という名の娼婦がいたかのように読者に思わせます。

同じように、日立という名の娼婦に近づいて来たのは蜻蛉であると読者に思わせるために、「来たりしは蜻蛉か」と、疑問の形になっています。疑問の形にすることで、蜻蛉はむりなくこの句の世界に出現します。

このように、すべてがあいまいです。しかし、あいまいな世界だからこそ、美しく輝く光背そのものとなった上五の「日立」と、豊かな実りを象徴する、古代にはあきづと呼ばれた「蜻蛉」によって、作者は、男に媚びを売り、春を売る娼婦をありありと荘厳《しょうごん》することができたのです。荘厳とは、あるものを美しく厳かに飾ることです。

（武馬）

●日立《ひたち》てふ《ちょう》娼婦《しょうふ》に来《きた》りしは蜻蛉《とんぼ》か

鮒を一枚呉れと父は立つてゐたか

『囁囁記』

この句の父は、生身の父ではありません。とてもあいまいなものとして書かれています。今ここにいるものでないことを言うには、「立つてゐた」と過去のこととするだけで十分です。ところが、「立つてゐた」に「か」という疑問を加え「立つてゐたか」とあいまいなものにしています。そのあいまいさを持った父が、さらに「鮒を一枚呉れと」と言ったと、他人から伝え聞いたかのように書かれています。

この句は、52の「日立」の句と同じように、あいまいな世界です。では、こんなにあいまいだから俳句として成り立っていないのかと言いますと、そんなことはありません。あいまいさゆえに、はっきりと表現できることがあるのです。それは、人間がはっきり捉えることができない、この世を超えた存在です。この場合は、死んだ父親です。

この句は、俳句の上に死んだ父親をありありと出現させた句です。「鮒を一枚呉れ」という科白が土の匂いを漂わせた父を表現して巧みです。（武馬）

●鮒《ふな》を一枚呉《いちまいく》れと父《ちち》は立《た》つてゐ《い》たか

雪の電線今カラデモ遅クハナイ

『囁囁記』

昭和十一年二月二十六日、大雪の東京にクーデターが勃発しました。二・二六事件です。この俳句の漢字片仮名表記の部分は、その時、反乱軍兵士に宛てて戒厳司令部から発せられた投降を促す文書、放送の一節によっていることが一読分かります。「今カラデモ遅クナイカラ原隊へ帰レ」です。

しかし、上五の「雪の電線」は、この日の雪が電線に積もった景色を描いているのだ、では鑑賞になりません。「雪」と「電」はともに雨冠の天の姿を表す漢字です。漢字片仮名交じりの言葉は常ならぬ言葉です。電波を通して下された天の声にも等しい「天皇陛下の御命令」が見えてきます。

だが、「今カラデモ遅クハナイ」は、「雪の電線」ではっきり切って読んだとき、大元帥たる近代の天皇とは別の超越者の言葉へと転換します。作者双々子は二・二六のときの文言「今カラデモ遅クナイ」の後の「原隊へ帰レ」を完全に切り落とし、超越者の言葉に反転させたのです。軍国への回帰に対する危機感のこもった句です。

（武馬）

●雪《ゆき》の電線《でんせん》今《いま》カラデモ遅《おそ》クハナイ

西へゆく昼の日中の白頭燈《しろとうとう》

『囁囁記』

明るい昼間のそのまた明るい光の中、さらに明るい白い光を煌かせ西へ向かう頭燈（ヘッドライト）があります。そして、「昼の日中の白頭燈」からは、「日中」が、読者の眼前に見えてくる仕掛けとなっています。「西へゆく」から「日中」そして、「白頭燈」となれば、左の軍用列車を詠んだ西東三鬼《さいとうさんき》の昭和十二年の句を思い出す人も多いでしょう。

兵隊がゆくまつ黒い汽車に乗り　三鬼

「日中」は「日中戦争」であり、「西へゆく昼の日中の白頭燈」は、軍用列車を牽引し先頭を行く機関車の前に付けられた前照灯にほかなりません。歴史的に双々子の「白頭燈」の句を読めば、まさしくこれが、昼の日中に前照灯から白色光を放ちながら「西へゆく」ものの正体でした。

それにしても「白頭燈《しろとうとう》」という言葉の夢幻性はどうでしょう！　真っ昼間にその強烈な白色光を照射しながら、一個の異様な美しさを持った物が西へ疾駆しているのです。世界を威嚇するかのように。（武馬）

●西《にし》へゆく昼《ひる》の日中《ひなか》の白頭燈《しろとうとう》

枯草をくるりくるりとわらひける

『囁囁記』

この句を、「回りながら」が省略されたものとすれば、分かりやすくなります。「枯草をくるりくるりと回りながらわらひける」と読むわけです。でも、それでよいのでしょうか。「くるりくるりとわらひける」と表されたその不可解な「わらひ」はどこへ行ってしまったのでしょう。

この笑いの質をこそ見届けなければなりません。

「くるりくるりとわらひける」には、体を丸めて枯れ草の上を回転する軽やかな動きと同時に、その姿勢で笑う苦しさが表されているのではないでしょうか。この枯草というわびしさの上で軽やかにくるりくるりと回ってみせるこの人は、その軽やかな動きの中で、笑うほかない苦しみの笑いを発しているように思えるのです。深い悲しみが伝わってくる句です。

では、枯草以外が全てひらがななのは、どうしてでしょう。それは、枯草の上を回る人物の連続する動きを、読者の目に感じさせるためです。三つの「る」が、丸められた身体を思わせ印象的です。

（武馬）

●枯草《かれくさ》をくるりくるりとわらひ《い》ける

火の空の荒野《あらぬ》に絵らふそくなど立てるな

『囁囁記』

聖書には色々な場面で「荒野」が登場します。ヤコブが神と格闘したのも、出エジプトの民が彷徨い歩いたのも「荒野」です。「荒野」とは、幸せを失って、抗い、苦しみ、迷い続ける人生の象徴なのかもしれません。一方、蠟燭は願いや祈りの象徴です。人は、悲しみや悩みに苛まれる中で、その小さな光に救いを求めようとします。その灯は敬虔な信仰の証でもあります。しかし、この句で作者は敢えて否定し、厳しく叱咤します。「絵らふそくなど立てるな」と。運命や信仰を形だけの表徴で飾ってはならない。その美しさに心を偽ってはならないという教えでしょうか。運命の過酷さを直視し、苦悶の末に信仰に導かれよ、ということかも知れません。確かにキリストがヨハネに洗礼を受けたのも、悪魔の誘惑を退けたのも「荒野」のさなかでありました。

それにしても、この句の「火の空」が気になります。これがもし、空爆や原爆被害のことだとすれば、作者の主張は一層重いものとなります。なんとも貴重な教えの一句です。

（田中）

●火《ひ》の空《そら》の荒野《あらぬ》に絵らふ《えろう》そくなど立《た》てるな

抱けばすぐ氷つてしまふことがある

『囁囁記』

●抱《だ》けばすぐ氷《こお》つてしまふ《う》ことがある

抱いたものを凍らせてしまう、と聞くと雪の妖怪雪女を思い浮かべます。

ただこの句の「こほる」は「凍る」ではなく「氷る」です。二つの言葉の意味は同じですが、こおる対象が違います。「氷る」は水がこおる時に使われる漢字。雪女のように人を凍らせるわけではありません。自然界にある川や沼などの水を氷らせるのであれば、句の主体は冬そのものでしょう。

気になるのは「すぐ」です。また「氷らせて」ではなく「氷つて」の表現は擬人化した冬を客観視していないことになります。それは双々子自身が冬将軍になったからです。心象風景の中、抱きしめたいほど思い入れのあるものが、自分の意思と反して一瞬にして氷ってしまう。しかもいつもではなく、「ことがある」という偶発性も、戸惑いと一層の悲しみを誘います。何一つ思い通りにならない歯がゆさが伝わってきます。（なつ）

たかやまのひくやまのひだわれもかう

『囁囁記』

ひらがな書きによって、様々なイメージが一つの句の上で重ねられています。まず、この句を漢字かな交じりの句にしてみます。

・高山の低山の襞吾亦紅

・高山の引く山の飛騨吾亦紅

・高山の引く山の飛騨吾も斯う

・高山の引く山の襞吾も斯う

これらを総合して読みますと、まるで飛騨の国の高山・低山にこの四句が木霊しているかのようです。

遠くの高山、近くの低山を背に輝く山車を引く飛騨の人々。秋の飛騨の山々の襞に気持ちよさそうに紅い楕円の頭を揺らしている吾亦紅たち。あたかもこの飛騨の天地に吾《われ》も亦《また》斯《か》くもゆったりと生きんとしているのだというかのように。

なお、この句に小京都高山の面影があることはいうまでもありません。

（武馬）

●たかやまのひくやまのひだわれもか《こ》う

越えてゆく止利のうしろの秋の風

『囁囁記』

この句のキーワードは「うしろ」です。

峠を越えて未知の世界へ向かう止利のうしろには秋の風が吹いています。止利にはその秋の風が見えません。しかし、読者には見えます。「越えてゆく止利のうしろの秋の風」と書いてあるのですから。

その秋の風は、爽やかな秋の風ではありません。なぜなら、ほかでもないうしろの秋の風ですから。うしろめたい、うしろぐらいなどと使われるうしろは、明るいイメージを持ちません。さびしくつらいひややかな秋の風なのです。その風を読者は読み取ることができます。

人の力ではどうしようもないものを背にして未知の世界へ向かう止利の姿がこの句から見えてきます。止利という名は象徴的です。今まさに越えてゆくというのに止まるのですから。飛鳥時代の偉大な仏師、鞍作止利《くらつくりのとり》または、鞍作鳥の名を借りて、宿命の中に生きる人間が書かれています。

（武馬）

●越《こ》えてゆく止利《とり》のうしろの秋《あき》の風《かぜ》

半島の真水ままははよいとまけ

『囁囁記』

●半島《はんとう》の真水《まみず》ままははよいとまけ

「半島の真水／ままはは／よいとまけ」。半島のア音は始まりの音。ア音は句の中に幾度も現れます。そして「真水」のマ、「ままはは」のマ、「よいとまけ」のマ。掲句はリズミカルに、歌のように読むことができます。

「島」は海のイメージと自然につながり、海は全ての生命の源である「母」といえますが、「半島」は完全な島ではないことから、完全な海（母）の代名詞たり得ません。海水を、私を産んだ血縁の母とするならば、半島の「真水」は血のつながらない母、「ままはは」と言えるでしょうか。

「よいとまけ」は元々、地固めの重い槌を滑車で上げ下ろす時の掛け声であり、そうしたことから現場で働く人々、特に女性の呼称でもありました。厳しい肉体労働を行う女性の中には、未亡人も多かったようです。双々子はそうした女性に、血のつながりはないものの母に対するような気持ちを抱いているのかもしれません。一見ばらばらの句の言葉は、意味と音とイメージの連鎖のなかに、唯一無二の語感を作り出しています。(千葉)

西春日井郡刈田のことなりけり

『囁囁記』

「西春日井郡」まで読んだ勢いで「刈田」まで読みます。すると、「西春日井郡刈田」という不思議な美しい名を持った所が現れます。では、これが確かに地名かというとそうでもありません。「のことなりけり」と続けて読みますと、この地名だったはずの「刈田」は、実った稲が刈り取られた後の稲株（切り株）の並ぶ刈田としても現れます。「のことなりけり」というひらがなの連続が、稲株の並ぶ刈田の姿形（ひらがなの形象化）となって、読者の前に現れるからです。

そして、稲の刈られた後の刈田に残る稲株が一つひとつ点々とどこまでも並ぶ、なんとも空虚で寂しげな光景は、西春日井郡刈田に生き死んで行った無名の人たちの生きていたことの跡のようです。

あるかなきかの西春日井郡刈田という所とその地の刈田そのものに関わる出来事を、この俳句は、「西春日井郡刈田のことなりけり（のことでした）」と今まさに語ろうとしているのです。

（武馬）

●西春日井《にしかすがい》郡《ぐん》刈田《かりた》のことなりけり

綿虫がふはふは貞享何年ぞと

『囁囁記』

古典仮名遣いは、現代仮名遣いを使っている私たちから見ると、なにか浮遊感をもっているように思われます。

例えば「てふてふ（蝶々）」のように。この句の「ふはふは」もそうです。ですから、小さな綿のような綿虫の飛んでいる様子を表現するのに「ふはふは」と書くのは、効果的です。

しかし、この中七の「ふはふは」は、綿虫が飛ぶ様子を表現しているだけではありません。綿虫が飛ぶ冬の今が、そのまま「貞享」の時代になってしまう働きをしています。「ふはふは」は、時空をずらす絶妙の声喩（オノマトペ）です。

句を訳せば、「綿虫が目の前をふわふわ飛んでいる、そのふわふわした今は、いったい貞享何年であるかと問うてみたことだ。」となります。

貞享元年十一月、芭蕉は、尾張の連中《れんじゅう》と共に名古屋で蕉風確立の記念すべき歌仙《かせん》（連句）『冬の日』を巻きました。双々子の志が偲ばれます。（武馬）

●綿虫《わたむし》がふは《わ》ふは《わ》貞享何年《じょうきょうなんねん》ぞと

64

被爆者安場昭しづかな背中かな

『水片物語』

「安場昭」はヤスバアキラ、という人名でしょうか。おそらくは広島か長崎における原爆被爆者の個人名なのでしょう。戦争被害者の悲劇は、生命や人生を奪われたことそれ自体に加えて、個人としての名をも奪われることにもあります。大規模な災害や、疫病の場合も同様です。名のある個人の犠牲は悼まれますが、数千、数万人の犠牲となると途端にただの「情報」となってしまうのです。一方で、日本は死者を弔うのは得意ですが、生きのこった犠牲者を大事にしない傾向があります。たとえば原爆の被害者は直接の死者だけではなく、入市被爆者や黒い雨の被爆者など、放射線被曝の長期的な障害に苦しむ方々も含まれます。しかしこれらの人々は水俣病、イタイイタイ病など多くの公害問題と同じく、被害を認められず長い困難と戦わねばならない現実があります。安場昭の背中はこれらの象徴であり、花鳥諷詠を超えた文学としての力強い一句なのです。（赤野）

●被爆者《ひばくしゃ》安場《やすば》昭《あきら》しづ《ず》かな背中《せなか》かな

冬の雨突然チエルノブイリかな

『水片物語』

チェルノブイリの名の由来は、「黒い蓬、黒い茎を持つ蓬」ということのようです。痩せた土地でも繁茂する強靭な植物です。ところで、この「蓬」に関して、聖書のヨハネの黙示録にこんな一節があるのです。

「第三の天使がラッパを吹いた。すると松明のように燃えている大きな星が天から落ちてきた。(中略)その星の名は『苦よもぎ』と言い、水が『苦よもぎ』のように苦くなって、そのために多くの人が死んだ。」(8章の10)

まさに一九八六年の原発事故を預言したような記述です。甚大な放射能汚染、膨大な数の死者、住民の被曝と難民化、甲状腺癌等の影響。今でもその被害は続いています。この句が指摘するように「突然」の地獄が多くの人々を襲いました。更に不幸なことですが、この句は作者の死後起きた、東日本大震災の福島原発事故をも預言しているかのようです。原子力の恐ろしさと人類の運命が「冬の雨」に託されているのでしょうか。一種唐突な表現ながら、重大な箴言を聴くかのようで不思議です。(田中)

●冬《ふゆ》の雨突然《あめとつぜん》チェルノブイリかな

人体のかたちさみしも蓮根掘り

『異韻稿』

一読では難解のようですが、何度か繰り返し読んでいるうちに、味わい深い情景が立ち上がってきます。

句の切れは、次のようになります。

／人体のかたちさみしも／蓮根掘り
感情を表す言葉（楽しい、嬉しい、悲しい等）は一般的には避ける方が良いとされていますが、ここでは、「さみし」が「人体のかたち」と「蓮根掘り」を強く連結しており、句を理解する手助けになっています。また「さみしも」と「蓮根掘り」には、たっぷりとした「間」が生まれています。

深い土の中から掘り上げた蓮根は節々が連なり、人体の骨格もしくは肉体のようで、キュビスムのコンポジション（構造、組立て）を想起します。

蓮根を掘る重労働の中で、黙々と人間の真理に向かっている姿を感じます。また掘り上げた蓮根の真白さは真理を表しているようで、物体を通して真理を探究しています。

（村山）

●人体《じんたい》のかたちさみしも蓮根掘《れんこんほ》り

春の空よりこぼれしか金米糖一粒

『異韻稿』

いわゆる「定型」よりもかなり長いです。七／五／十（六＋《プラス》四）の二十二音ですが、例えばあえて定型にすると【金米糖ひとつぶこぼす春の空】【金米糖春の空よりこぼれしか】となるかもしれません。ただ、双々子はそうはしませんでした。何故でしょう。その答えは「視線」にあります。

この句はまず「春の空」を見せないといけないのです。読者の視線は空、つまり上。その空からこぼれて来るものがあり視線は上から下へと移動していきます。我が掌を見るとそこに金米糖があります。しかもぽつんと一粒です。視線の対象は空の大きさから始まり最後は一粒まで凝縮されています。読者は双々子が描いた通りに視線を動かし、最後に一粒を眺めます。この金米糖はただのお菓子ではなく、空から来た春の雲であり、春光でもあるのです。上から下へ、大から小へ。恐らく読者はその金米糖を眺めながらこれが落ちて来た空をもう一度見上げるでしょう。その一連の視線の動きがこの句を一層大きくするのです。

（なつ）

●春《はる》の空《そら》よりこぼれしか金米糖《こんぺいとう》一粒《ひとつぶ》

〈わたしはここにゐる〉とぞ雨の紫蘇畑

『異韻稿』

旧約聖書のイザヤ書六五章を思わせます。『わたしの名を呼ばない民にも、わたしは、ここにいる、ここにいる、と言った』における「わたし」は『神』（またはメシア）です。この個所はキリスト教がユダヤ教から世界宗教になる、非常に重要な端緒といわれています。つまり、キリスト教の前身であるユダヤ教はあくまでユダヤ民族の救済ための宗教でした。にもかかわらず、ここで『神』は『わたしの名を呼ばない民』にも呼びかけを行いました。信仰があればどんな民族、人種、階層であろうと救済される普遍性を持つに至ったのです。とはいえ、日本においてクリスチャンはマイノリティです。周りが皆クリスチャンであるなら、自分の信仰に疑いを持つことは少ないでしょう。しかし文化の異なる国の民でキリストを信仰することには、かなりの困難が伴うでしょう。しかしこの句の主体は聴いたのです。湿っぽく薄暗い、紫蘇の生い茂る日本の畑の片隅に、主の声を。

（赤野）

●〈わたしはここにゐ《い》る〉とぞ雨《あめ》の紫蘇《しそ》畑《ばたけ》

黄落の高速増殖炉が見えない

『異韻稿』

この句は、中七の「高速」を上と下に掛けて読むと味わい深いです。「黄落の高速」と「高速増殖炉」のように。

黄葉した木々の葉は、限りなく高速で落下し、その落下する黄葉は高速増殖炉を蔽い尽くします。

そして、その黄金色で蔽い尽くされて「高速増殖炉が見えない」と、句の中の人は言います。

しかし、見えないと言っても黄落の中の高速増殖炉は見えます。現にこの句の中には「高速増殖炉」とはっきりあります。

見えないと言うことによって、見えないはずの「高速増殖炉」の存在を際立たせているのがこの句です。

高速で落下し続ける黄葉の中にあって、見えないはずの高速増殖炉が、それ自身高速で増殖し続ける妖しい光景が見えて来るのがこの句です。

（武馬）

●黄落《こうらく》の高速増殖炉《こうそくぞうしょくろ》が見《み》えない

炭俵照らしてくらきところなる

『荒韻帖』

真っ黒な炭が詰まった炭俵の内に持つ暗さが、あたりに及んでいます。その暗さが及んだところが、炭俵を灯りで照らし出すことで初めて現れたのです。暗さが、明るく照らされることで露わになるという、人の世のあり様をふと思わせます。おそらくこれが、無理のない鑑賞でしょう。

しかし、私には、照らされる物が炭俵でなく、炭俵は、逆に照らすものではないかと思われてなりません。真っ黒な炭が詰まった炭俵という物が照らしたそこは実は暗いところであった、というように読むのです。

炭という暗黒の塊が詰まった炭俵に照らされることによって、白日の下にに「くらきところ」はさらされるのです。

漢字はわずか「炭俵照」の三字です。それ以外のひらがなは光です。「くらきところ」を照らし出しています。それを、一人の人物が見つめています。炭俵が照らし出した「くらきところ」とは外でもない、自分自身の内部（内面）そのものではないかと。

（武馬）

●炭俵《すみだわら》照《て》らしてくらきところなる

野火迅夫と名乗る少年いづくにか

『荒韻帖』

言葉を好む人は、時折、名前にも意味を見つけて喜びます。

「野火迅夫」と名乗る少年は、偶然その名を授かったのか、自らの意思でその名に決めたのかははっきりしませんが、とても野性的かつすばしっこい印象を受けます。

「野火」は、春に野山の枯れ草を焼き払う火のことです。どこか神聖で厳粛な雰囲気も漂います。

戦争小説『野火』（大岡昇平）を頭に思い浮かべる人もいるでしょう。戦争で極限状態に追い込まれた兵士の様子を描いて話題になりました。

「いづくにか」とは「どこへ」ということですから、野火迅夫はもうここにはいません。火のように激しく迅速に過ぎ去った少年は誰なのでしょう。私の心には、燃えさかる思いを携え、若い命をなげうった特攻隊の少年が思い浮かびました。


（松永）

●野火迅夫《のびはやお》と名乗《なの》る少年《しょうねん》いづ《ず》くにか

72

水の平の落花とエレミヤの哀歌と

『荒韻帖』

この句は、「水の平の落花と／エレミヤの哀歌と」のように、「落花と」「哀歌と」韻を踏み、対句をなしています。

真っ平らな水面に浮かび、静止した滅びの一輪、落花。「水の平」は、「手の平」のイメージを面影に持っています。そのため、対をなしている「エレミヤの哀歌」という言葉にひかれ、落花を慈愛の心をもって受け止める大きな「神の手の平」ともなって読む人の前に顕れます。

一方、旧約聖書の「エレミヤの哀歌」では、外面の信仰でなく内面（こころ）の信仰が、ユダ王国の首都エルサレムの壊滅を背景に語られています。しかも、その内面の信仰は、どのような現実的な責め苦を経験しようが、神の救いをこころより信じるという神への信頼を、日々新たにする強固な哀しい信仰でした。

そのような落花と哀歌、滅びの美と過酷な試練による哀しみを秘めた信仰を、広大無辺な「水の平」がすくうのです。

（武馬）

●水《み》の平《ひら》の落花《らっか》とエレミヤの哀歌《あいか》と

忘れゐし氷室を見に戻る人よ

『荒韻帖』

「見に戻る」ということは、かつて其処《そこ》にいたのです。氷室を離れて暮らしてきた人が、氷室のことをふと思い出したのでしょう。

氷室を離れても困らない暮らしの中で、いつしか氷室のことなどすっかり忘れてしまっていたのです。氷室に替わるものがもたらす快適さは、その恩恵など全く意識することのない生活です。なのに、何故いまさら氷室なのでしょうか。何故見に戻るのでしょうか。

快適さが生み出す逆説なのかもしれません。「氷室」は、冷蔵庫のように完璧な装置ではなく、たえず人々が見守っていかねばならないものであったのでしょう。そこには、夏の間も氷や食物を人々に賜わる神がおられ、それをお守りする氷室守《ひむろもり》がいました。「氷室」を忘れてしまった暮らしは、信仰を失った生活なのです。作者は、自らの信仰を取り戻すために戻った人物に、自分のありようを重ねて呼びかけています。「忘れゐし」の「ゐ」という旧仮名は、忘れてしまっていた暮らしの遠さを思わせます。(かわばた)

●忘《わす》れゐ《い》し氷室《ひむろ》を見《み》に戻《もど》る人《ひと》よ

炭斗の底搔く音や国憂ふと

『荒韻帖』

「炭斗」とは茶道具の一つです。茶席での「炭手前」、つまり「炉」に炭をつぐ作法の際に、炭や火箸、釜敷などを入れて運ぶ器のような道具です。竹や藤で編んだ瓢《ひさご》のようなもの、底を四方型にした籠形のもの、木を組んだ箱型のものなど色々あるのですが、漆が塗られていたり、細かい目で編まれていたりと、重厚感のあるものが多いようです。

茶室の静寂な空間。そこに「炭斗の底を掻く音」が聞こえたと言うのです。小さな音であったでしょう。カサコソと乾いた音でもあったでしょう。その僅かな音が耳に届いた。するとそれが憂国の嘆きに聴こえたと言うのです。作者の敏感な心が、臨界点が近づく社会不安を感じ取ったのかもしれません。しかし、「国憂ふと」と言う下五の、U音とO音の静かな重なりからは、その危惧が既に社会に蔓延化し、ある種の諦観が生まれているかのような、そんな想像もしてしまいます。社会事変の予兆のような、神のつぶやきを聴くような、不思議な感覚の作品です。

（田中）

●炭斗《すみとり》の底《そこ》掻《か》く音《おと》や国《くに》憂《うれ》ふ《う》と

蒟蒻を掘る欲望の美しき

『荒韻帖』

「蒟蒻」とはどんな食べ物でしょうか。身体の生存を支えるという意味ではお米などに比べて頼りなく、かといって果物のように甘いわけでもありません。蒟蒻を掘る目的が食べるためであっても、支えているのは、不可抗力の食欲や、美味しいものを手に入れたいという熱意ではありません。

次に「欲望」とは何でしょうか。それは「願い」や「希望」のように純粋に精神的なものではなく、「欲求」のように生理的に自然なものとも異なり、理性の介入を許さないほど心身が一体となって強く求めるもの、というニュアンスがあります。

この句の面白さは「蒟蒻」と「欲望」という、互いに対象にならないような異なるイメージを持ったものが重ねられるところにあります。「蒟蒻を掘る」という行為は、欲望という言葉によって、詩のなかで色づくのです。また、蒟蒻と重ねられた「欲望」はその言葉の持っている身体的な生々しさが純化されます。詩の中で言葉は新しい美しさを手に入れるのです。（千葉）

●蒟蒻《こんにゃく》を掘《ほ》る欲望《よくぼう》の美《うつく》しき

76

征矢ならで草矢刺さりし国家かな

『荒韻帖』

征矢は「そや」と読み、戦闘に使われる矢だそうです。狩矢や的矢とは違い、軸が太く、鏃も長く、弦をつがう矢筈の部分に切り込みがあります。実際の戦に使うため、堅牢で重量感のある矢です。

一方、草矢は、茅萱などの葉を引き抜いて飛ばしたり、指にはさんで軸の部分を裂きながら飛ばす子どもの遊びです。谷や風下に向かって打ち、飛距離を競うような遊び方をしました。或いは、友だちの背中をこっそり狙ういたずらに使ったり……。

征矢と草矢はあらゆる点で対照的ですが、草矢を「民草」の発したもの、と読むと、民衆のさまざまな痛みや不満が国家に向けられていることがわかります。自らに民草の矢が数多刺さっていることに国家は気づいているでしょうか。それとも、征矢が向けられるまで気づくことはないのでしょうか。双々子の放つ不穏な一句です。　（星野）

●征矢《そや》ならで草矢《くさや》刺さりし国家《こっか》かな

蠅叩き金輪際を打ちにけり

『荒韻帖』

叩いても叩いても打てない蠅、意地になって蠅叩きを打ちまくっている人が見えてきます。この句の真髄は、中七の「金輪際を」でしょう。金輪際とは、極限を表す仏教用語ですが、通常は、下に打ち消しの言葉が付き、強い決意で否定する気持ちを表します。「絶対に」、「断じて」といった意味です。副詞的用法で使う語を名詞として使ったことで、蠅を叩こうとしていた行為が、いつのまにか蠅という現実の生き物を越えた、「金輪際」という何か非日常的な存在と対峙しているように見えてきます。

仏教的な宇宙観では、「金輪際」とは、人間の住む大地である「金輪」の底の底を表す場所であります。そんな処《ところ》にまで響きわたるような「打ちにけり」となれば、打ち取ったものは、ただの蠅ではなく、処《しょ》し難いところまで極限化してしまった人間の感情であったようにも思えてきます。

たかが蠅ではありますが、その一匹の蠅にここまで徹底的に向かい合っている俳人の姿に、諧謔精神の「金輪際」を見る思いです。（かわばた）

●蠅《はえ》叩《たた》き金輪際《こんりんざい》を打ちにけり

雪を来る美しきことはじめんと

『荒韻帖』

「降っている」とは一言も書いていませんが、この句の中に確かに降っています。降っていないのなら「雪」ではなく「雪原」というはずです。読者は句の世界の中で空を見上げます。雪の落ちる様をなぞっていると向こうから誰かが来ることに気が付きます。「来た」ではなく「来る」なので今まさに近づいてきています。この動きから句の中に奥行きが出来て、読者の視線は上から奥、そして奥からこちらに近づいて来る「そのひと」に視点を合わせていきます。この複雑な目の動きを上五の「雪を来る」だけで表現しているのです。

さて残りの十二音で表現している事はいたってシンプルですが具体性は全くありません。「美しきこと」とは一体何でしょう。答えを探すべく読者は近づいて来る人をつぶさに観察します。歩き方を見、いでたちも見、最後にその人の表情を見ようとします。今まで動いてきた視線がそこで立ち止まります。きっとその人の眼は雪の中で輝いているでしょう。(なつ)

●雪《ゆき》を来《く》る美《うつく》しきことはじめんと

藪巻の縄の余りを切りし音

『荒韻帖』

雪の重みで木の枝が折れたりしないように、庭木などを筵や縄でぐるぐると巻く藪巻。掲句はその藪巻の作業の様子を淡々とした調子で描いていますが、音に注目しているところがおもしろいと思います。鋏、あるいは縄切鎌で、縄の余りを切った音は、作業の完了を告げる音でもあります。ある種の充足感をもって好ましく聞いているようです。

最近ＡＳＭＲといって主に聴覚から得られる心地よさや安らぎを求めて咀嚼音やささやき声、せせらぎの音などを流す動画をたくさんみかけます。人によって好きな音はいろいろですが、個人的にはリズミカルに髪を切る鋏の音にうっとりとすることがあります。この句の人物も鋏の音が嫌いではないのでしょう。中七を構成する言語音は、鋏の音とは対照的なまろやかさ、おおらかさが感じられ、下五の「切りし音」を際立たせています。決して技巧を感じさせないのに、いや感じさせないからこそじわじわと沁みてくる作品です。

（二村）

●藪巻《やぶまき》の縄《なわ》の余《あま》りを切《き》りし音《おと》

炎天に竹鋸が置いてある

『荒韻帖』

「竹鋸」という言葉は、近世（江戸時代）の昔を思い起こさせます。近世では、罪人の首を竹鋸で挽く刑がありました。最高刑です。この俳句には、近代を経て、現代までずっと置かれ続けて来た「竹鋸」があります。では、この竹鋸は、一体なぜ、ここに置かれ続けなければならないのでしょうか。この句に書かれていない、罪人のことが思われます。

竹鋸は、その首を挽くべき罪人が現れるのを待ち続けているのです。しかし、置かれ始めて以来、幾百年かの年月は空しく過ぎ去りました。現れるべき罪人は、終に現れず、竹鋸だけが、今もなお、むなしく灼熱の炎天のもとに置かれているだけです。

竹鋸の置かれている炎天には、刑を待ち望む観衆の姿もありません。しかし、見えるのです。炎天に灼かれながら、竹鋸の前に佇立し、竹鋸と共にひたすら真の罪人を待ち続けている一人の人間の姿が。　（武馬）

●炎天《えんてん》に竹鋸《たけのこぎり》が置《お》いてある

はるかいま幻爆ドーム風花して

『荒韻帖』

「はるか」と「いま」。「幻爆」と「原爆」。「風花」と「風化」。この造語的な言葉の対比に作者の意図があるのでしょう。一九四五年八月、広島・長崎に原爆が投下されましたが、人類は今もなお、その脅威を曝し曝されながら生きています。原爆ドームを見るたびに、為政者は反省の弁を口にしますが、決して核を手放そうとはしません。遥か遠い未来にまで、悲惨の証しである原爆ドームは、幻のように時代を超えて連なっているのでしょうか。風花は、晴天時に花びらが舞うように雪が降る初冬の季語です。しかし、この句では雪ではなく、核物質が頭上に降りそそいでいるのでしょうか。それとも核の脅威が続いている今を、決して風化させてはいけないと言っているのでしょうか。古来、花とは美しいが儚いもの。そして表面的な美の陰にある醜悪な姿を人々は認めて歌を詠んできました。飛躍が許されるならば作者は美言に惑わされず、合理的な証明がない限り、核を発電においてさえ、使用すべきではないと主張しているようにも思います。（赤石）

●**はるかいま幻爆《げんばく》ドーム風花《かざはな》して**

枯野あり幻付自転車てふ走りき

『荒韻帖』

まず「枯野あり」です。ただただ広漠とした枯野、他には何もありません。この現実感の薄い抽象的空間を、「幻付自転車てふ」不思議な乗り物が走ったのです。「原付」の洒落から作られた異形は、幻を引き連れて来ます。乗り物にスポットライトが当たる分、ライダーの顔は見えません。仮面ライダーか月光仮面のような、ヒロイックだが匿名性を持った妖しき存在。あるいは、操縦者不在にして走る、いささか不気味なバイクを想像します。

話が逸れますが、絵描きである筆者の感覚として、派手な色の建築物を描くより、ヨーロッパの石造りの町などの方が、かえって思う色を載せやすいということがあります。枯野というモノトーンの舞台は、何色の幻にでも染められます。

双々子は時折、幻想的な作風を発揮しますが、原付自転車といった現実との接点を残すことで、「リアリティを持ったファンタジー」を成すのです。よくできたSF映画が必ずそうであるように。

（山本）

●枯野《かれの》あり幻付自転車《げんつきじてんしゃ》てふ走《ちょうはし》りき

緋蕪ごろりと箱段のでかだんす

『荒韻帖』

箱段は箱階段とも階段簞笥とも言います。階段下の空間を利用して抽斗や戸棚を作ってあります。私は三重県松阪市にある本居宣長の旧宅で箱段を初めて見ました。奥行きが深い、昼でも薄暗い居室の隅にそれはありました。緋蕪は赤カブのことであり冬の季語です。「ごろり」というオノマトペは動きを表しますが、ここでは「ごろりと横たわっている」という状態を表現していると捉えるほうが適切です。どこに？　答えは箱段です。デカダンス機能性に優れた箱段が蕪の置き場所になっていること自体、デカダンス（使われなくなること・衰えること）に他なりません。

では、薄暗い町家の使われなくなった箱段に緋蕪が横たわっている風景を詠んだだけなのでしょうか。私はそうは思いません。デカダンスは盛んであったものが衰えていくこと、つまり、生が死へ向かうことでもあるわけです。それは十九世紀末の世紀末芸術の主題の一つです。ですから白蕪ではだめなのです。赤い血に染まる生首をイメージさせる緋蕪でなくてはならないのです。

（芳野）

●緋蕪《ひかぶら》ごろりと箱段《はこだん》のでかだんす

独房にひとし柊挿してあり

『非在集』

「柊挿す」は冬の季語です。節分に、焼いた鰯の頭を刺した柊の枝を戸口に挿し、邪気を払うと歳時記にあります。これは結界を張ることです。結界内は、外から災いをもたらす呪霊（えたいのしれないもの）が進入できないようにされた所です。だが、この句では、「柊挿してあり」の「柊」は、結界をつくる呪物（まじない）としての鰯の頭を刺した季語「柊挿す」の「柊」とはつながりの切れたものとなっています。

キリスト教世界では、葉の縁に鋭い棘《とげ》をもつ柊は、キリストが磔《はりつけ》になるときにかぶらされた棘《いばら》の冠になぞらえられます。節分の柊をその意味に転換したのがこの句です。柊は、人としての罪を犯した罪人《つみびと》を封じる聖なるものに化しています。その柊に封じられた所は、犯罪者の押し込められる独房にひとしいと、罪人は言っているのです。

しかし、その独房の入り口に挿されていたものは、青々とした美しい柊でした。許しのしるしのように。

（武馬）

●独房《どくぼう》にひとし柊《ひいらぎ》挿《さ》してあり

貧乏の干菜をひとり分もらふ

『非在集』

さりげない日常の句です。貧乏な人の生きて行くうえで大切な食料を、友好の証として受け取っています。

「貧乏」で貧困や貧窮を、「干菜」で大根や蕪の葉を保存して使い切る清貧を、「ひとり分」で量の限界をと畳みかけています。

「干菜」を「貧乏」な人からもらうのを断ることもできましたが、あえてそれをしません。なぜなら断るのは、相手のまごころを拒絶し、人間の尊厳の否定へ繋がるからです。財産や立場にとらわれない深い交流があり、ゆたかで幸せです。清貧のまごころと矜持を受け取っています。

芭蕉が『奥の細道』で〈蚤虱《のみしらみ》馬の尿《ばり》する枕もと〉と世俗を取り入れたように、「貧乏」という言葉を用い、生活の実感を一層あらわにしています。

また、オー・ヘンリーの『賢者の贈り物』を彷彿させます。（村山）

●貧乏《びんぼう》の干菜《ほしな》をひとり分《ぶん》もらふ《う》

落椿すべての一つ一つかな

『非在集』

「落椿」とは文字通り椿の木から落下した椿です。

では、「すべて」は、落下し終えた椿、落椿のすべてでしょうか。この句は、「落椿の」でなく、「落椿」となっており、「落椿」の後で明確に切れていますので、落椿の一つ一つではないでしょう。

では、咲いていた「すべて」の椿の花のことでしょうか。もし、そうだとすれば、無数の落椿の中に立っている句の中の人物が、かつて無数の花を咲かせた椿を偲びながら、生あるものの一箇一箇の滅びの姿を見ている句になります。

しかし、この句を言葉に即して読み直しますと、「一つ一つ」は、咲いていた椿の花のすべてのうちの一つ一つではなく、すべてなるものの（所有する）一つ一つとも読めてきます。地上を埋めている真っ赤な落椿という花の骸の一つ一つは、全《ぜん》なるものの創り出した生あるものの骸に他ならないとこの句は言っているのではないかというのが、今の私の読みです。（武馬）

●落椿《おちつばき》すべての一《ひと》つ一《ひと》つかな

沈丁や人買ひひそと哭くところ

『非在集』

この句を読み下すとき、「ひひ」という言葉が目に飛び込んで来ました。もちろん、「ひひ」という言葉は、この句にはありません。「人買ひ」の「ひ」と「ひそと」の「ひ」があるだけです。

しかし、私の目には「ひひ」と映り、「人買」(「人買ひ」ではありません)の不気味な笑い声を連想しました。が、よく読みますと、俳句は「人買ひ／ひそと哭くところ」でした。「人買ひ」は、笑うのではなく「哭く」のでありました。それも、「ひそと」大声を出して哭くのです。

ここまで読んだ時、「ひひ」に帰り、「ひひ」とは、ひっそりと大声を出して哭くという矛盾した泣き方をするときに出る声であるのかと納得しました。どこからともなくくせのある強い芳香が漂い来る早春の一夜。非人間的な行為を生業とする「人買ひ」故に、人間としてすなおに大声を出して哭することのできない、この世に沈んだ男が一人いるのです。

「非非」あるいは「悲悲」と哭きながら。

(武馬)

●沈丁《じんちょう》や人買《ひとか》ひひそと哭《な》くところ

ゆく雁やひたすら言語《ラング》たらんとして

『非在集』

今、作者の目の前には空が拡がっています。それは春の優しい青空かもしれませんし、夕暮れ時の赤い空かもしれません。その一面の色彩の中に、やがて帰雁の群が湧くように浮かび上がってきます。一羽一羽の雁は、瞬時瞬時に形を変える飛行体となって作者の目に映るのですが、同時にそれらは一つ一つの「言葉」となって、作者の心に刻み付けられてゆくのです。言葉の音声、語彙、助詞の連なり、その間をつかさどる文法や規則。それらの織り成す光景が、群れの映像と重なって天空へと描かれます。あたかもそれはソシュールが「ラング（langue）」と呼んだ言語構造の体系を示すかのようです。また、この「ラング」を「肺（lung）」と読んだらどうでしょうか。そこにはまさしく作者の息遣いそのものがあります。作者の呼吸は、飛ぶ鳥の心臓の鼓動となって、一瞬一瞬の「詩の言語《ラング》」を大空に描くことになるでしょう。創作に命を掛ける俳人の姿がここにあります。なんと真剣で直向きで、そして美しい作品なのでしょうか。

（田中）

●ゆく雁《かり》やひたすら言語《ラング》たらんとして

夏草を擦り疵つきしわが電車は

『非在集』

夏草に汽罐車の車輪来て止る　山口誓子　昭和八（一九三三）年の「汽罐車」に対して「わが電車」と発せられた平成十一（一九九九）年のこの句は、時代というものを映し出して面白いです。

誓子の句には、物理的エネルギーそのものを体現した汽罐車と生命エネルギーをみなぎらせた夏草とが張り合い作り出す緊迫した世界があります。それに対して、この句の「夏草」と「電車」の間には緊迫感がありません。汽罐車を堂々と受け止める「夏草」はなく、また「夏草」にその勇姿を誇る「汽罐車」もありません。あるのは、擦れ違う「夏草」と「電車」だけです。しかも、その電車は、勇姿とはほど遠い、夏草と擦れ違いざまにあえなく「疵つ」くひ弱な電車なのです。

十五年戦争の最中の汽罐車はあくまで力強く、平和な世紀末の「わが電車」は、疵つきやすいひ弱な存在でした。しかし、作者は「わが電車」のひ弱であることを言いますが、「されど、わが電車は」なのです。（武馬）

●夏草《なつくさ》を擦《す》り疵《きず》つきしわが電車《でんしゃ》は

傾き翔ぶしぐれヘリコプター杳し

『非在集』

傾き翔ぶものがあります。そこにしぐれが降りかかります。そして傾き翔ぶものが実は一機のヘリコプターであり、それは「杳し」と断定されます。「飛ぶ」ではなく「翔ぶ」とされることによって、読者は、「ヘリコプター」に一つのいのちを感じます。

初冬の冷たいしぐれ降る大空を何処《いずこ》へともなく翔び去って行く「ヘリコプター」は、いのちあるものの如く、いよいよ寂しくいよいよ孤独の姿を深くしていきます。ヘリコプターを見上げる人物は、その姿を「杳し」と表現しました。「杳し」は、暗くてはっきりしないはるかな向こうの存在をイメージさせます。「杳《よう》として行方がわからぬ」と使うときの「杳」です。

「傾き翔ぶ」の「傾き」は、もちろん翔ぶものが全きものでないことを暗示しています。そして、同じしぐれに濡れながら、「ヘリコプター」を「杳し」とする句中の人物もまた、傾き翔ぶ杳きヘリコプターを我がこととし、見上げているのです。

（武馬）

●傾《かたむ》き翔《と》ぶしぐれヘリコプター杳《くら》し

麦刈人一人ゐるゐ　ゐるゐ　ゐるゐと哭き

『非在集』

「ゑゐ　ゑゐ　ゑゐ」と、旧仮名の一字空きで表された声が、句世界に異様な空気をはこんできます。それは、鎌を振りながら麦を刈る人のかけ声のようでもありますが、刈る人が「一人」というのはどうも気にかかります。そして、最後に来てその声は、「哭き」という衝撃的な言葉で終わるのです。作者には、何故哭いているように聞こえたのでしょう。

この句を読んですぐに思い出すのは、ゴッホの『麦刈る人のいるサン＝ポール病院裏の麦畑』です。精神を病み入院していたゴッホは、その頃、数多くの「麦畑」を描いています。一人で懸命に麦を刈る人物をつつんで、麦の穂が一面に揺れるその絵は、その人物までも金色に染めていくかのようです。実りを迎えた麦の穂は生命の絶頂を表すものではあっても、やがて来る死を内包しているのです。ゴッホが見たように、作者には、麦を刈りながら麦に呑み込まれていく、その人物の慟哭が聞こえたのでしょう。

（かわばた）

●麦刈人《むぎかりびと》一人《ひとり》ゑゐ《えい》　ゑゐ《えい》　ゑゐ《えい》と哭《な》き

氷旗裏がへりつさぶし風来ぼーい

『非在集』

旗と言えば、「水村山郭酒旗《すいそんさんかくしゅき》の風《かぜ》」と詠う杜牧の『江南春望』が浮かびます。酒旗が春の印なら、波頭を青く氷の文字を赤く染め抜いた氷旗は、間違いなく夏の象徴と言っていいでしょう。中国の酒旗は古くから翻っていたそうですが、日本の氷旗の歴史はまだ浅く、明治期の氷販売者に対する衛生検査合格証がその始まりだったようです。しかし昭和に入ると、かき氷屋の店先にはためき、庶民の涼をとる手段として人気を博しました。

時季は巡り、その氷旗にも冷たく秋風が吹き始め、ぱたぱたと裏返っても、誰からも顧みられなくなります。あれだけ集っていた人々も何処に散っていったのでしょう。作者はここで「風来坊、やーい」と呼びかけます。また「ぼーい」と「BOY」をかけているのでしょうか。風に乗って、何処から来て何処に去っていくのか、その風来坊の象徴は、宮沢賢治の「風の又三郎」のように思います。どっどど　どどうど　どどうど　どどう、風は氷旗を翻しながら吹き抜けて、季節は少しずつ冬に向かっていきます。(赤石)

● **氷旗裏《こおりばたうら》がへ《え》りつさぶし風来《ふうらい》ぼーい**

93

玉虫のかがやき新聞紙を歩きつ

『非在集』

玉虫は美しい虫です。あの金属的な光沢のある緑の輝きは、まるで宝石が歩いているようです。そのため、「玉虫のかがやき」と書き起こされると、山口青邨《せいそん》の

玉虫の羽のみどりは推古より　青邨

を思い、ロマンチックな展開を期待するのですが、期待に反して、「新聞紙を歩きつ」と展開されます。

「新聞紙」は、いうまでもなく人間の欲望を巡る喜怒哀楽、阿鼻叫喚に満ちた日々の営みの総体が、表裏余すところなくびっしりと書き込まれ詰め込まれている物です。その新聞紙という物を、あの美しい「玉虫のかがやき」で照らしながら歩いたというのです。だが、果たして、「玉虫のかがやき」は、新聞紙に蠢く人間の欲望を浄化することになったのでしょうか。

「玉虫」の雅と「新聞紙」の俗との見事な対比の中に展開される不思議な世界がここにあります。

（武馬）

●玉虫《たまむし》のかがやき新聞紙《しんぶんし》を歩《ある》きつ

ナジェジャン《希望》　ナジェジャン《希望》　曼珠沙華連ね

（ロシア民謡・ジョルジュ・ムスタキうたう）

『非在集』

ト書きにはロシア民謡とありますが、おそらくダブロンラヴァフ作詞、パフムートワ作曲による歌曲「希望（Надежда）」ではないでしょうか。歌詞の一部を引用してみましょう。『見慣れない星が輝いている／またもや故郷から引き離される……複雑な物語が待っている／希望は、私の地球の羅針盤』まさに、時代を超えて「今」をうたう唄ではないでしょうか。もちろん、ひとつはロシア侵攻によるウクライナ難民を指しています。故郷を追われる人々の気持ちは、今も昔も変わりません。この唄は、ナチスドイツとソ連による占領の歴史を持つポーランドでヒットしたそうです。そしてまた、日本における入管法の問題にも刺さります。故郷を追われた難民に絶望を与える仕打ちは許し難いものです。そして曼殊沙華はロシア語で「ヴァスクレシャヤ リーリヤ」というそうです。花言葉は「情熱」「再会」「諦め」「悲しい思い出」といわれています。過去と未来、流浪と望郷の抒情を凝縮した一句です。（赤野）

●ナジェジャン《希望》　ナジェジャン《希望》　曼珠沙華《まんじゅしゃげ》連《つら》ね

首振りの否定扇風機は愛しも

『非在集』

双々子は、山口誓子に師事しましたから、誓子の俳句の素材を使った俳句を折に触れ作っています。この句もそうに違いありません。

扇風器大き翼をやすめたり　誓子　昭和四（一九二九）年

ただ、誓子は、天井に取り付けられた大型の扇風器。双々子は、部屋に置かれた家庭用の扇風機です。誓子と双々子の句を並べて見ましょう。

誓子の句は、止まることによってやっと憩うことのできた大きな天井扇によせる優しいまなざしがあります。「翼」と生き物になぞらえたところや「やすめたり」とひらがなで書かれているところによく現れています。

双々子の句は、首を振ることを否定しながらも、首を振って回っている扇風機のように見えてきませんか。

それはよく見ると、まるで、幼い子が、首を振ることそのものを、首を振って「イヤイヤ」し続けているようです。だから、作者は「愛しも」と言いました。小さな家庭用扇風機が愛しく可愛らしく見えたのでした。（武馬）

●首振《くびふ》りの否定扇風機《ひていせんぷうき》は愛《かな》しも

遠きより麦秋明り深夜を読む

『非在集』

深夜です。遠くの方で金色の麦の穂が風にゆれています。すると、かすかに金色の光が放たれ、その光が、机に向かう人の窓にまで来て、手元をほの明るくします。麦の秋の清らかな心地よい光です。

この人は、そのほのかな麦秋明かりで「深夜を読む」のです。他ならないこのほのかな明かりのもとで、この深夜を、気持ちを静めて書を読むのです。

人は、書を読むには、明るい光のもとでないとはっきり読めないのではないかと思うことでしょう。しかし、明るすぎては読めないものがあります。よく、その書の語っている言葉を超えた真実を読み取ることを、行間を読むと言います。それと同じです。ほの明るい光のもとでこそ、飾られた言葉を消して、読み取れる真実があるのです。

この人は麦の明かりのもと、こころを澄ませて「深夜」という時を真実とともに過ごすのです。

（武馬）

●遠《とお》きより麦秋《ばくしゅう》明《あか》り深夜《しんや》を読《よ》む

犒ふと一束の葱立てかけあり

荒韻帖以後

●犒《ねぎらう》ふと一束《ひとたば》の葱立《ねぎた》てかけあり

「犒ふと」とは不思議な言い方です。「これは犒いだ」と伝言が添えられて、葱が立てかけてあったのでしょうか。それとも犒いに訪れたら既に、先に来ていた誰かの葱があったのでしょうか。いずれにせよ、この言葉遣いによってある効果が生じます。「ふと一束の葱立てかけあり」と読め、葱が忽然と出現したかのように感じられるのです。誰が葱を持ってきたのかも、句の中では謎に包まれています。この謎が、一束の葱に非日常性を生じさせ、また犒いを受けることのありがたさも強調しています。

更に、葱が立てかけてあるところも重要です。その場に置くのではなく立てかけるのは、葱を持ってきた者の意図的な行動であり、それ自体が犒いと贈与の意思の表れです。立てかけてあることによって葱の存在感が増すといってもいいでしょう。これも先に書いたのと同様、葱のありがたさを際立たせています。

（山科）

鉦叩きしばらく梯子見てをりしが

荒韻帖以後

秋の日の鉦叩きの鳴き声は、まるで鉦を叩いているようにチンチンチンとリズミカルで、たとえ姿は見えなくても、印象深く忘れられません。

梯子を上ろうかどうしようか、梯子を見ながらしばらく考えていましたが、リズミカルな鉦叩きの鳴き声に背中を押される思いがしたのでしょう。

この梯子は、二階へ上がる単なる梯子かもしれませんが、あるいは何かしらちょっと躊躇するような重大な決断なのかもしれません。

人の心は、不思議なもので、鉦叩きのような小さな虫の音にさえも、励まされ、階段を上がる、あるいは決断を下すことができるときがあります。

そう思えば、人間も、この小さな鉦叩きのような虫も、同じ地球上で励まし合って生きている仲間なのだということを、しみじみと思い出させてくれる一句です。

（川島）

●鉦叩《かねたた》きしばらく梯子《はしご》見《み》てをりしが

99

勿体なき半透明体大根焚

荒韻帖以後

ふだん私たちが使う「勿体ない」には、事物の本来の価値が失われることを嘆いたり惜しんだりする気持ちがこめられています。しかし、掲句の中で「半透明体」になった大根焚を前にした人物の気持ちは、これとは少し違うようです。もともと仏教の世界では、「勿体」とは「物体」のことであり、事物のあるべき本来の価値を表す言葉であると言われています。これを「ない」と否定するのですから、「物の本体はない」という意味になります。大來《おおぎ》尚順《しょうじゅん》氏（真宗本願寺派僧侶）によれば、この言葉は、この世に何一つとして独立して存在しているものはなく、すべて繋がって存在しているという「空《くう》」の思想に深く繋がっているそうです。「半透明体」となった大根焚を前にした人物にとっては、神仏のような目に見えない力のはたらきで生かされていることへの感謝の気持ちを表す言葉なのです。

焚き込まれた大根には人智を越えた力がはたらき、その「勿体」はなくなりましたが、いま「半透明体」という有難い価値を持って顕れたのです。

（かわばた）

●勿体《もったい》なき半透明体《はんとうめいたい》大根焚《だいこだき》

屋根の雪せり出し雫く人の世は

荒韻帖以後

屋根の雪と言えば、三好達治の詩「雪」を思い出します。

太郎を眠らせ、太郎の屋根に雪ふりつむ。
次郎を眠らせ、次郎の屋根に雪ふりつむ。

我が家に、隣家に、それぞれ雪がしんしんと降り積んでいます。ふんわりと雪に包まれたあたたかな幸せな光景が浮かびます。そんなあたたかな屋根の雪も、いずれ屋根からせり出し雫となって落ちてきます。ある時はドカーンと大きな音と共に、またある時はぽたぽたとさみだれのように。

この屋根の雪の変化のように、人の世の出来事は、絶え間なく変化してとどまることがないのだなあと、感慨深く思うのです。しかし、その変化は単なる諦観というわけではなく、未来への希望とも言えるでしょう。屋根からせり出す雪の雫は、きらきら輝いているのだから。（川島）

●屋根《やね》の雪《ゆき》せり出《だ》し雫《しず》く人《ひと》の世《よ》は

解説――小川双々子と二人の師

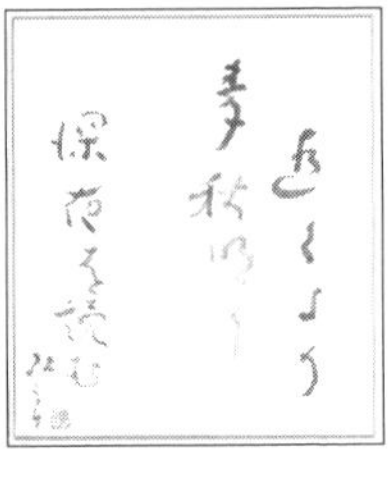

武馬久仁裕

一　夏氷――誓子と双々子

夏氷、なんでもない言葉ですが、山口誓子（一九〇一～一九九四年）は、この言葉が好きだったようです。こんな句があります。

匙なめて童たのしも夏氷　　誓子　昭和二年（『凍港』一九三二年）

いかにも楽しそうな句です。誓子は、言っています。

「氷」は冬のものだが、夏の氷水は、「氷水」とも「夏氷」とも云う。「氷水」の方が分かりやすいが、すこし勿体ぶって「夏氷」と云ったのだ。（『自選自解　山口誓子句集』白凰社、一九七四年）

私は、これを読んで思いました。誓子は「夏氷」という言葉を好んだというより面白がっていると。

　誓子が言っているように氷は冬のものです。寒い冬のものである氷に暑い夏という正反対の季節をかぶせた「夏氷」という言葉を、誓子は素直に不思議な言葉として、珍重したのです。その証拠に、分かりやすい「氷水」を選ばず、「夏氷」を選びました。なぜか。それは、「氷水」という言葉を作っている氷と水には、季節的な矛盾がないからです。すなわち「氷水」は内に矛盾をはらんだ言葉ではないのです。夏氷にはこんな句もあります。


　夏氷挽きさりし音地にのこる　　誓子　　昭和十五年（『七曜』一九四二年）

　夏の氷という矛盾した物である「夏氷」を挽き切るという、不思議な行為がなされています。挽き切るとは、本来大鋸で木を挽き切ることです。その挽き切ることが夏氷でなされているのです。この夏氷を挽き切るという不思議な行為から発する涼やかな不思議な音が、大地に残ったのだとこの句は言います。なお、大鋸で挽き切られて飛び散る氷の細かい切り屑を表現するために「挽き切りし」ではなく「挽きさりし」と、ひらがなになっています。ひらがな一つ一つが氷の切り屑です。

　夏に氷塊を切りそれを一定の大きさに分け販売するという、夏であればなんの変哲もない普通のことを、普通ではないものとして見ている俳人の眼がここにあります。そして、その普通でないものが発した音だからこそ、大地にそれは残ったのだと言わんばかりです。音が残るのですから「のこる」とひらがなになっています。

ところで、夏氷の句の後に、誓子は次の句を置きました。

茜さす方へ氷塊搬び去る　誓子

この句も誓子の遊び心が現れています。上五の「茜さす」は、茜色に輝く意味から、日、紫、昼など決まった言葉に掛かり、その言葉を際立たせる枕詞です。額田王の「あかねさす紫野行き標野行き野守は見ずや君が袖振る」のように。

ですから、本来「方」には掛かりません。それをあえて「方」に掛けて、茜色で染めてみせました。こうして、誓子は「茜さす方」というどこにもない「方」を出現させたのです。氷塊は、空が茜色に染められた不思議な方角へ、搬び去られました。しかも、搬び去ったのが誰かもはっきりされていません。誓子は、普通の夏の光景を普通でない夏の光景にずらして、われわれに見せてくれたのです。

なお、誓子の「茜さす方へ」の表記ですが、「茜」をひらながにしなかったのは、「茜」に「西」の字が入っていることを好もしく思ったのではないかと思います。方角ははっきりさせませんでしたが、西の面影はほしかったのです。

この誓子の「茜さす方へ氷塊搬び去る」を意識して、双々子によって書かれたと思われるのが、次の句です。『小川双々子全句集』（一九九〇年）の最初の「一隅抄」（昭和二十一年～昭和二十五年の句を収録）にあります。

縄ゆるみたる氷塊を提げゆけり　双々子

この句については、本文に山科誠の優れた鑑賞がありますので、わざわざここで取り上げる必要もないのですが、双々子の師である山口誓子の表現法との比較の上で、とても興味深い句ですので、屋上屋を架しました。

誓子の句では、氷塊を、茜さすどこへとも分からないところへ誰とも知れぬ人が、搬び去りました。双々子の句も、縄に縛られ、縛られた氷が融け始め、それによって縄がゆるみつつも、氷塊を誰かがさげてどこへともなく持っていきました。「提げゆけり」です。

このように誓子の句も双々子の句も、この氷塊を誰がどこへ持っていくかも、なんのために持っていくかも書かれていません。日常のある場面を借りて、特別に意味付けられた世界を成り立たせようとする写生の方法も見られません。この二句は、ある特定の読者の見たことのある場面、すなわちある一定の状況に引き戻して鑑賞されることを期待していないのです。

誓子の句には、茜色に染まった世界の彼方へ、融けることを拒否し冷たく凍った氷の塊を搬び去った後の氷塊の消えた空虚さが、氷塊の存在感を際立たせながら、見事に書かれています。氷塊を書くことによって、氷塊の消えた後の空しさ、寂しさを書いたのです。

この句の見事さは、さらにあります。「さす」から「さる」への収束です。これで、一句の完結性が読者のこころに沁みわたります。ですから、去った後の空虚さも抵抗なく感じられるのです。空間を書き、氷塊の物質感も書き、喪失感も書いた三拍子そろった句です。

茜さす方へ氷塊搬び去る　　誓子

では、双々子の句はどうでしょう。

「縄ゆるみたる氷塊を提げゆけり」は、双々子の初期の句ですが、双々子の俳句の技法がすでにここに現れています。それは、一句の言葉から生まれるイメージを幾重にも重ねる方法です。私はこれをイメージの重層化と呼んでいます。次のようになっています。

普通は①のように「縄ゆるみたる氷塊」とだけ読みます。氷塊が融け、氷塊をしばっていた縄がゆるむわけです。しかし、双々子のこの句は、三通りに読むことができます。

作者自身が、このような三通りの読み方を意図していたかどうかは分かりません。しかし、句の書かれ様が、句の言葉の展開のあり様が、読者にそのような読み方を求めるのです。

①　縄ゆるみたる氷塊を提げゆけり……「縄ゆるみたる」を「氷塊」に掛けて読む読み方。
②　縄ゆるみたる氷塊を提げゆけり……「ゆるみたる」を「氷塊」に掛けて読む読み方。
③　縄ゆるみたる／氷塊を提げゆけり……「縄ゆるみたる」で切って読む読み方。
②は、「氷がゆるむ」すなわち、氷が融けるということです。読む時は、①と②のイメージを重ねて読みます。
問題は③です。

この氷塊を提げて行く人を縛《いまし》める縄が「ゆるみたる」と、切って読むのです。

この人は、何らかの罪を犯し縛めの中にいるのです。その縛めがなんらかの理由でふとゆるんだのです。わずかな自由を得たこの人は、同じ様に縄のゆるんだ融けつつある氷塊を提げ、いずこともなく去って行くのです。たとえ縛めがゆるんだといえども、氷塊という重荷を提げて歩き続けるのです。この罪のなんたるかが氷解するまで。

この「氷塊」も一句を読み進めて行くうちに「氷解」となって読者の前に姿を現す仕掛けになっています。

これが、双々子俳句に見られるイメージの重なり、重層性です。双々子の言葉さばきの中心となる方法です。

では、罪とはいったいどのような罪かという疑問を持たれることでしょう。キリスト教の信者なら、罪とは原罪と答えればよいのでしょうが、罪とは、信者でなくても内に持ちつづける誰でも持っている罪と考えてよいのです。人間は生きる限り何らかの罪を犯しています。それを読者は、胸に手を当て内省すればよいのです。

キリスト教の信者であるかないかは問題ではありません。社会の中に生きる一人では生きられない人間としての罪のことを考えればよいのです。ですから、本書では、キリスト教の信者である小川双々子の俳句を、直接聖書の言葉が引かれた場合を除き、ことさらキリスト教に引き付けて読むことはしませんでした。双々子の俳句は、キリスト教の信者でなくても普通に読めるものなのです。

この句をイメージの重なりの観点から、まとめて読んでみましょう。

「わずかな暖かさによって、氷がゆるみ氷を縛っていた縄がゆるみました。そのとき、ふとこの人は自分を縛めている縄がゆるんだのを感じました。その許された喜びを抱き、この氷塊というゆるみ始めた重荷を提げてこの人は歩んで行くのです。自分の罪が何であるか分かるまで。」となります。

第一句集『幹幹の声』（一九六二年）にこんな句があります。

氷塊が解けるおのれを浄めつつ　　双々子　昭和二十七年

ちなみに、小川双々子がカトリックの洗礼を受けたのは、昭和三十四（一九五九）年です。イメージの重なりに関して、象徴的なできごとがあります。次に詳しく述べましょう。

二　からたちの花——かけいと双々子

からたちの花より白き月いづる　　かけい

小川双々子の最初の師、加藤かけい（一九〇〇〜一九八三年）の句です。かけいは当時、水原秋櫻子の「馬酔木」に拠っていました。

この句は、芭蕉の次の句に形が似ています。

石山の石より白し秋の風　　芭蕉

この芭蕉の句をモダンにしたような句です。この句は、次の構造を持っています。芭蕉の句にはなかったものです。かけいの句の眼目は、「からたちの花」とひらがなで書かれたからたちの花のみごとなまでの白さと、「より」の言葉の働きの重なり、重層性です。からたちの花から、からたちの花の白さよりさらに白い月が、上がって来るのです。

より ╱ から
　　 ╲ 以上に

そして、漢字は花と白と月のみです。すべて白を象徴するひらがなの中に浮かんでいるかのように書かれています。

からたちの花の句の構造を二十歳の双々子は、一瞬のうちに見抜いたのでしょうか。

この句の短冊をかけいから貰った時の様子を、双々子はこう回想しています。

昭和十七年五月に加藤かけいに出会い、かすみ女（夫人）のていねいなもてなしに甘えながら、かけいから直に話を聞きました。そして、短冊をお願いしたら、書いて下さった。

からたちの花より白き月いづる　　かけい

これは、誰にもある経験であろうが、この一句から受けた衝撃が、その後長く尾を引いて、内なる実景感を感得しました。それが今も体内深く存在し、影響を受けつづけている。

筆勢、墨の香り、からたちの花、それよりも白い月、こんな審美眼をどうしたら感得できるかと、痛感しながら書き続けてきました。（現代俳句大賞受賞祝賀会、

二〇〇五年五月十四日での挨拶。坂戸淳夫「単独者の魂の行方は」『地表終刊号』(二〇〇六年)より引用)

双々子は、「より」の「以上に」の働きは気づいていました。ただ、「より」の二つの働きの重なりに気づいた様子はありません。おそらくかけいも気づいていなかったでしょう。なぜなら、『定本　加藤かけい俳句集』(環礁俳句会、一九七九年、九頁)では、

からたちの花より白き月出づる　かけい

となっているからです。気づいていれば、坂戸の文にある形と『定本　加藤かけい俳句集』にある形は一致しているはずですから。かけいにとっては「より」は「から」だけであったと思います。「より」を「以上に」の意味でも書いていたなら双々子が貰った短冊と同じ、

からたちの花より白き月いづる　かけい

となっていたはずです。ひらがなは白いイメージをまとっている文字ですから。

しかし、ここで一つの疑問が湧きます。「いづる」は『地表最終号』の誤植もしくは坂戸の記憶違いではないかということです。幸い第一句集『幹幹の声』(一九六二年)の後藤昌治の「解説」の冒頭にこのかけいの句が引かれていました。ここには「いづる」とありましたので、双々子がかけいから貰った短冊は「いづる」になっていたことは、ほぼ間

違いないと思われます。

ところで、双々子は、語らない人です。ですから、イメージの重なりが生み出したかけいの句の美のことは語っても、双々子の表現法（言葉さばき）の中心をなすイメージの重なりそれ自体については、「現代俳句大賞受賞祝賀会の挨拶」では、あえて語らなかったのかもしれません。

では、このかけいの審美眼に対して双々子の審美眼を見てみましょう。かけいの白い花「からたち」に対して双々子の白い花は「くちなし」です。


くちなしは三十三身にほふかな　双々子（『憂鬼帖』一九七五年）

くちなしの花の白とくちなしの透明な匂いがひらがなで表現されています。そして、さらには、くちなしの花は、観世音菩薩の面影を持つ三十三の身体として身体的に表現され、その三十三身から発せられる汚れない白い「にほひ」が、読者の身体全体に高揚感をもって官能的に迫ってきます。一句の言葉が、まるごと読者に身体的に伝わって来るかのようです。

そして、晩年の句に到達します。


遠きより麦秋明り深夜を読む　双々子（『非在集』二〇一二年）

遠いところから、金色の麦の穂が発するほのかな光が届きます。この人はほのかな、その光で「深夜を読む」のです。読者はこの最後の「深夜を読む」に来て途方に暮れます。一体「深夜を読む」とはどういうことだろうと。

この言葉を読み取るにはまず、一句を何度も口ずさみます。そうしますと、意味がとれない分、「深夜を読む」という言葉が、身体全体にあたかも物のように実在感をもって伝わってきます。この身体全体に物のように伝わるということが、かけいの先ほどの句にはなかったことです。かけいの美は、余りにすらりとしすぎていたのです。ところが双々子の句は、身体で言葉を受け止めることを求めます。

身体で受け止められた言葉は、そのまま身体全体で感得されるのです。「深夜を読む」とは文字通り「深夜を読む」ことです。遠くからの金の麦の穂のかすかな美しい光をたよりに、深夜それ自体を読むのです。この世の計り知れない深い夜のことを。

これで、私の小川双々子の解説を終わります。書き終わった後には、読んでも読んでも読み切れない小川双々子がいつものように残りました。しかし、本書を書き始めたころの私自身とは、少しは違うところまで来たような気がします。

小川双々子の俳句と言葉――「凪や　えりえり　らま　さばくたに　菫」

武馬久仁裕

一句の言葉のイメージが幾重にも重なり、響き合い、強め合い、深まり行く双々子俳句の世界のあり方に、代表句とも、問題句ともされています次の句の成り立ちを解き明かすことで、迫ってみようと思います。(句の鑑賞は本書九六頁)句は『囁囁記』(一九八一年)に収められています。

凪や　えりえり　らま　さばくたに　菫

日本語のようであり、日本語のようでない不思議な言葉がここにあります。

まず、「えりえり　らま　さばくたに」を日本語だとして、句の展開に沿って読んでみましょう。

この句を俳句として成り立たせるために大きな働きをしているのが、「風や」のあとの「えりえり」でしょう。これを、日本語の範囲で読もうとすれば、風の吹く有様を「えりえり」という言葉の響きに喩えた声喩（オノマトペ）ということになります。

では、「えりえり」と吹く風はどのように吹く風でしょうか。「えりえり」から連想される言葉は多くあります。

「えり」は「縒《よ》る」（「える」とも読む）を、そして「きりきり」を連想させます。さらに、「えりえり」は、喉の奥から絞り出されるような苦しげな響きを持っています。

まとめてみましょう。「えりえり」とは、風が縒られるように強く吹く様をイメージさせ、同時にその風の縒られる音が、苦しさの中、人がようやく発する声のイメージへと読む者を誘うのです。

「風や」と切字によって一旦吹き上がった風は「えりえり」と吹き、同時にこの「えりえり」は「らま」に掛かり、「えりえり」と重い荷を負い砂漠を歩むラマを出現させ、谷を吹き抜け、菫に到るのです。山路を来て芭蕉の出会った「菫草」とは違う「菫」に。

山路来てなにやらゆかし菫草　　芭蕉

この句と姿の似た双々子の一句は、「菫」を木々の生い繁る豊かな日本的自然とは異なる荒涼とした風景の中に咲かせたのです。この菫は、何となく心惹かれる、「山道の片隅にひっそりと咲くさまは、可憐で、慎ましい」（『新日本カラー版大歳時記　春』講談社、二四八頁）の菫ではありません。

荒涼とした風景の中に、美の象徴として小さいながらも漢字の姿形がそうであるように毅然と咲いている「菫」です。芭蕉以来のイメージを強くまとった「菫」を越えた「菫」を、双々子は一句に置くことに成功したのです。

しかし、そのように読んだあとも、読みはそこに落ち着きません。このひらがな分かち書きの「えりえり　らま　さばくたに」という言葉は、依然として呪文のように不可解です。ところが『囁囁記』の

桐一葉きりしとは掌をのこしけり
遠イエスゆふやけの河渉るは

泥海はありけりとほくなる十字架

を読み、

風や　えりえり　らま　さばくたに　菫

に到った読者は、このひらがな分かち書きの「えりえり　らま　さばくたに」が、キリストに関係した言葉ではないかと思い至ることでしょう。

この苦痛に満ちた体内の奥深い所から「えりえり」と絞り出されるような響きを持つ言葉はキリストの最期の言葉にこそふさわしい、と。

聖書を紐解けば、予想に違わず、マタイ伝第27章46節にその言葉を見出すのです。「エリ、エリ、レマ（ラマ）、サバクタニ」（その意味は「わが神、わが神、なんぞ我を見棄て給ひし」）（「レマ」と「ラマ」については、この論の最後に置いた補注を参照）と十字架上のキリストは叫び、やがて息絶えるのです。

そして、「風や」の「風」は『囁囁記』の「囁囁記Ⅰ」の詞書、

人はみな草なり
その麗しさは、すべて野の花の如し
主の息その上に吹けば
草は枯れ、花はしぼむ。
げに人は草なり、
されど――（イザヤ書四〇ノ六 - 八）

によって神の息となります。岩波文庫『イザヤ書（下）』では「霊風」と訳されています。「霊風」は、神が被造物に生命を与える風です。しかし、それはまた神との契約を違えた罪深き人々には死の風でもありました。

キリストの十字架上の言葉「エリ、エリ、レマ（ラマ）、サバクタニ」も神の息＝霊風と同じく表裏の二つの意味を持っています。文字通りに取れば、ひたすら信頼してきた神への恨みの言葉ですが、それはまた「この詩全体の心は神への信頼であり、苦しむ僕が嘲り笑う敵を前に神に祈る祈りである」（小嶋潤著『聖書小事典』）とされている旧約聖書の「詩編22」の初めの言葉でもありました。

ちなみに「詩編22」は、

わたしの神よ、わたしの神よ
なぜわたしをお見捨てになるのか。
なぜわたしを遠く離れ、救おうとせず
呻きも言葉も聞いてくださらないのか。

で始まり、次のように神を讃え終わっています。

わたしの魂は必ず命を得
子孫は神に仕え
主のことを来るべき代に語り伝え
成し遂げてくださった恵みの御業を
　民の末に告げ知らせるでしょう。
（『新共同訳聖書』（旧約聖書）八五四頁）

このように様々な文化的、時代的、両面的な言葉が、幾重にも重なり、響き合い、強め合い、深まり行くのが双々子の俳句の形であり、それを「風や」の句がもっともよく表しているのです。

そのため、この句を一つの面から理解することは難しいのです。

まず読み取れるのは、風が吹きすさぶ荒野を重荷を負うて行くものの姿であり、そこに咲く一輪の菫の強さ、美しさです。

そして、それに重ね合わされてあるのは、風＝神の息がその上に吹く十字架上で、「エリ　エリ　ラマ　サバクタニ」と、神に向かって発し、苦しさの中、神を呼ぶキリストの姿であり、キリストの最期の言葉、「エリ　エリ　ラマ　サバクタニ」に作者の心が感じ動き発した言葉、「菫」です。

この場合、「菫」は、「主の息その上に吹けば／草は枯れ、花はしぼむ。／げに人は草なり」と旧約聖書で喩えられた「人」ではなく、キリストの神の愛が形となったものではないかと私には思われます。表裏の二つの意味を越え、安らぎを与えるものは愛だからです。

双々子は生前、新聞記者の取材時に、次のように語っています。

「少なくとも愛着をもっている季語が、一人の作家にはせいぜい十もあればいいと僕は思います。内容とどうかかわり、いかに思想化していくか。本質的な意味で季語をとらえないと文化には切り込めない。」（一九九七年六月二七日、中日新聞夕刊）

「風や　えりえり　らま　さばくたに　菫」の一句は、「菫」という言葉＝季語によって、文化というものに切り込んだ一句であったのです。

補注　「えりえり　らま　さばくたに」の聖書の表記について

私の手元にあります『舊新約聖書』（日本聖書協会、一九七〇年）及び『新共同訳聖書―旧約聖書続編つき』（日本聖書協会、二〇〇六年）のマタイ伝第27章46節は「エリ、エリ、レマ、サバクタニ」（以下傍線、武馬）となっています。

「風や　えりえり　らま　さばくたに　菫」の句が「らま」であって、「風や　えりえり　れま　さばくたに　菫」になっていないことを説明するため、「双々子の音韻上の深い配慮」から、双々子によってマタイ伝の「レマ」が「らま」へと、「テキストの改変」がなされたとの坂戸淳夫の説があります。

『舊新約聖書』のように「マルコ伝」では、「エロイ、エロイ、ラマ、サバクタニ」と「ラマ」になっている聖書もありますから、坂戸はその可能性を感じ取ったのかもしれません。（『新共同訳聖書』の「マルコ伝」は「レマ」)
坂戸は言います。

「マタイ伝」は〈エリ、エリ、レマ、サバクタニ〉であり、双々子は〈えりえり　らまさばくたに〉とする。言うならばテキストの改変である。ここに私は、双々子の音韻上の深い配慮を見ないわけにはゆかない。
〈エリ、エリ、レマ、サバクタニ〉は
〈e·i　e·i　ea　aaua·i〉であり
〈えり　えり　らま　さばくたに〉は
〈e·i　e·i　aa　aaua·i〉となる。
まことに微妙な差異に過ぎぬ、と言い捨てては双々子の音韻に対する執念を見失うだろう。
(坂戸淳夫「単独者の魂の行方は」『地表　終刊号』二〇〇六年)

と。
魅力的な説です。しかし、坂戸も同じ「単独者の魂の行方は」で言っているように「敬虔なカトリック信徒である小川双々子」が、表現上のこととは言え、果たして自らの都合で、聖書の御言葉をわずかでも改変するなどということはありうるでしょうか。

双々子のこの句に対する深い配慮は確かにあったでしょう。しかし、それは音韻だけに止まらないことは、見た通りです。双々子は、改変ではなく、選び取ったに違いないのです。

岩隈直訳註『希和対訳脚註つき新約聖書2マタイ福音書（下）』の脚注によって、λέμα（レマ。アラム語）ではなく、λάμα（ラマ。ヘブル語）となっている異本の存在が知られています。また、英訳聖書では、『欽定訳聖書』（一六一一年）は、Eli,Eli,lama sabachthani?、『改訂標準訳聖書』（一九五二年）は、Eli,Eli,la'ma Sabach-tha'ni? となっています。共に「ラマ」です。全体を片仮名表記にすれば、「エリ、エリ、ラマ　サバクタニ」です。

私は、生前、双々子に、「ラマ」について、「聖書とは少し違うようですが」と尋ねたことがあります。

答えは、「そんなことないだろ」でした。

実は、「えりえり　らま　さばくたに」について続きがあります。昨年（二〇二二年）の八月、山﨑百花さんからお手紙をいただき、「エリ、エリ、ラマ、サバクタニ」となっている日本語訳聖書の存在を教えていただきました。同封されていたコピーは文語訳の岩波文庫の「マタイ伝」の箇所でした。確かに「エリ、エリ、ラマ、サバクタニ」となっていました。そこで、戦前に日本語訳された聖書に当たってみました。色々ありますが、中でも広くカトリック教会で読まれた名訳の誉れ高い聖書に出会いました。次の聖書です。

「公教宣教師ラゲ訳『我主イエズスキリストの新約聖書』東京大司教出版認可、公教会発行、明治四十三年七月二日発行」公教とは、カトリックのことです。

問題の箇所はこう訳されていました。

> 三時頃、イエズヽ、声高く呼はりて曰ひけるは、エリ、エリ、ラマ、サバクタニ、と。是即、我神よ、我神よ、何ぞ我を棄て給ひしや、の義なり。(マテオ聖福音書第二十七章四六)

このエミール・ラゲ訳の聖書は、ヒエロニムス訳とされるカトリック教会公認ラテン語訳のウルガタ聖書を底本として訳されたとされていますので、一八六一年発行のウルガタ聖書（シクストゥス・クレメンティーノ版）に当たってみました。マタイ伝第27章46節には、確かに

Eli,Eli,lamma sabacthani?

となっていました。
ラゲ訳は戦後も中央出版社から出版されていましたので、カトリックの信者である双々子は、ラゲ訳に拠っていた可能性が大です。亡くなった後、双々子の聖書は自らの所属した教会に寄付されたとのことでした。残念ながら、実物を見る機会にはめぐまれませんでした。
※ラゲ訳聖書は、国会図書館デジタルコレクションに拠りました。一八六一年発行のウルガタ聖書は、「日本人のためのラテン語」のサイト
http://a011w.broada.jp/wbaefznh35st/latin/latin055.html から検索し確認しました。
（『豈』44号、二〇〇七年三月、を加筆修正。今回、文体を敬体に変えました）

小川双々子略年譜

一九二二年　九月十三日、岐阜県池田町に生まれる。生後、まもなく愛知県一宮市に移る。

一九三五年　愛知県丹羽郡古知野町（現・江南市）の滝実業学校商業科に入学。「ひぐらし鳴くかまくらをかまくらに移り」（『井泉水句集』）を記憶する。

一九四一年　俳句に志す。「馬酔木」入門。

一九四二年　加藤かけいを名古屋の徳川町に訪れ、以後、「巖」「環礁」等に拠る。

一九四八年　山口誓子に師事を始める。

一九五三年　第四回天狼賞受賞。胸部疾患のため闘病が始まる。

一九五五年　天狼同人。

一九五九年　カトリックの洗礼を受ける。

一九六〇年　健康を回復。

一九六二年　第一句集『幹幹の声』（序　山口誓子）出版。

一九六三年　主宰誌『地表』創刊。

一九七四年　第一回「幻展」（双々子洋画展）。

一九九〇年　『小川双々子全句集』出版。

二〇〇三年　生前最後の句集『荒韻帖』出版。

二〇〇五年　第五回現代俳句大賞受賞。

二〇〇六年　一月十七日、急性肺炎にて逝去。八十三歳。

二〇〇六年　十二月二十日『地表』終刊号（通巻第四四八号）刊行。

二〇一二年　最終句集『非在集』刊行。

初句索引

あ 行

か 行

さ 行

た 行

執筆者紹介（五十音順）

赤石忍　北海道出身。俳句グループ「船団の会」元同人。「窓の会」常連。俳誌「猫街」同人。主な著書に、俳句エッセイ集『私にとっての石川くん』、写真俳句集『風宿』。

赤野四羽　一九七七年生まれ。第三十四回現代俳句新人賞。現代俳句協会会員。「楽園俳句会」同人。句集に『夜蟻』（邑書林）、『ホフリ』（RANGAI文庫）、"CHIODI BATTUTI"（イタリア版句集）など。

川島由紀子　「窓の会」常連。「びわこ句会」代表。「びわこ句会　川島由紀子の俳句ライフブログ」更新中。「大阪俳句史研究会」会員。句集『スモークツリー』、評伝『阿波野青畝への旅』（創風社出版）。

かわばたけんぢ　「窓の会」常連。「座・柳馬場句会」、「ネット名古屋句会」、「ことばカフェ京都店」等に参加。個人俳誌「遠い朝」（私家版）刊行中。

田中信克　一九六二年東京都生まれ。「海原」同人。「青山俳句工場」所属。現代俳句協会会員。論作集『21世紀俳句ガイダンス』（共著、現代俳句協会）等。

千葉みずほ　一九八四年生まれ。現代俳句協会会員。俳句同人誌「韻」所属。超結社句会「木曜会」参加。

なつはづき　現代俳句協会理事。超結社「朱夏句会」代表。第三十六回現代俳句新人賞。第七回攝津幸彦記念賞。句集『ぴったりの箱』。

二村典子　一九六二年愛知県知立市生。刈谷市在住。「ペンキ句会」世話人、「窓の会」常連、「ねじまき句会」編集委員。句集『窓間』。

星野早苗 現代俳句協会会員、俳人協会会員。第二十二回現代俳句協会年度作品賞受賞。「南風」同人。句集『空のさえずる』。

松永みよこ 一九七三年生まれ。現代俳句協会会員。「青山俳句工場」「麒麟」「Ｗｅ」所属。句集『抱く』（幻冬舎ルネッサンス）、『鈴木しづ子一〇〇句』（共著、黎明書房）。

村山恭子 現代俳句協会会員。東海地区現代俳句協会理事。俳句結社「菜の花」同人、詩歌結社「楽園俳句会」会員。

山科誠 一九八四年生まれ。俳句同人「傍点」所属。超結社「朱夏句会」参加者。

山本真也 一九七八年生まれ。画家、俳人。アーティストコレクティブ「３０１」運営。「氷室」所属。

横山香代子 第七回俳句界賞受賞。第一回鈴木六林男賞秀逸賞受賞。俳人協会会員。俳句結社「街」同人。句集『人』（文學の森）。

芳野ヒロユキ 一九六四年生まれ。静岡県磐田市在住。元『船団』会員。俳誌「猫街」同人。「窓の会」常連。句集『ペンギンと桜』（南方社、二〇一六年）

編著者紹介

武馬久仁裕

1948年愛知県丹羽郡古知野町（現・江南市）に生まれる。
1974年12月「地表」同人となり，小川双々子に師事。
現代俳句協会評議員。黎明俳壇選者。
鈴木しづ子顕彰会「いのちの俳句大会」選者。
鈴木しづ子顕彰記念事業「全国大学生俳句選手権大会」審査員。

主な著書

『G町』（弘栄堂）『時代と新表現』（共著，雄山閣）『貘の来る道』（北宋社）『玉門関』『武馬久仁裕句集』（以上，ふらんす堂）『句集　新型コロナの季節』（共著）『武馬久仁裕散文集　フィレンツェよりの電話』『俳句の不思議，楽しさ，面白さ』『子どもも先生も感動！　健一&久仁裕の目からうろこの俳句の授業』（共著）『こんなにも面白く読めるのか　名歌，名句の美』『俳句の深読み』『鈴木しづ子100句』（共著）（以上，黎明書房）他。

＊ホームページ：円形広場　http://www.ctk.ne.jp/~buma-n46/

小川双々子《おがわそうそうし》100句《く》

2023年10月10日　初版発行

編著者	武馬《ぶま》　久仁裕《くにひろ》
発行者	武馬　久仁裕
印刷	株式会社 太洋社
製本	株式会社 太洋社

発行所　株式会社 黎明書房《れいめいしょぼう》

〒460-0002　名古屋市中区丸の内3-6-27　EBSビル　☎052-962-3045
FAX 052-951-9065　振替・00880-1-59001
〒101-0047　東京連絡所・千代田区内神田1-12-12　美土代ビル6階
☎03-3268-3470

落丁本・乱丁本はお取替します。　ISBN978-4-654-07716-8

編著者紹介

武馬久仁裕

1948 年愛知県丹羽郡古知野町（現・江南市）に生まれる。
1974 年 12 月「地表」同人となり，小川双々子に師事。
現代俳句協会評議員。黎明俳壇選者。
鈴木しづ子顕彰会「いのちの俳句大会」選者。
鈴木しづ子顕彰記念事業「全国大学生俳句選手権大会」審査員。

主な著書

『G町』（弘栄堂）『時代と新表現』（共著，雄山閣）『貘の来る道』（北宋社）『玉門関』『武馬久仁裕句集』（以上，ふらんす堂）『句集　新型コロナの季節』（共著）『武馬久仁裕散文集　フィレンツェよりの電話』『俳句の不思議，楽しさ，面白さ』『子どもも先生も感動！　健一＆久仁裕の目からうろこの俳句の授業』（共著）『こんなにも面白く読めるのか　名歌，名句の美』『俳句の深読み』『鈴木しづ子 100 句』（共著）（以上，黎明書房）他。

＊ホームページ：円形広場　http://www.ctk.ne.jp/~buma-n46/

小川双々子《おがわそうそうし》 100 句《く》

2023 年 10 月 10 日　初版発行

編著者	武《ぶ》馬《ま》　久《く》仁《に》裕《ひろ》
発行者	武馬　久仁裕
印刷	株式会社 太洋社
製本	株式会社 太洋社

発行所　株式会社 黎《れい》明《めい》書《しょ》房《ぼう》

〒460-0002　名古屋市中区丸の内 3-6-27　EBS ビル　☎ 052-962-3045
FAX 052-951-9065　振替・00880-1-59001
〒101-0047　東京連絡所・千代田区内神田 1-12-12　美土代ビル 6 階
☎ 03-3268-3470

落丁本・乱丁本はお取替します。　ISBN978-4-654-07716-8